广西平乐县历史文化丛书

平乐民间故事

政协平乐县委员会 编著

GUANGXI NORMAL UNIVERSITY PRESS
广西师范大学出版社
·桂林·

平乐民间故事
Pingle Minjian Gushi

图书在版编目（CIP）数据

平乐民间故事 / 政协平乐县委员会编著. --桂林：广西
师范大学出版社，2020.6
（广西平乐县历史文化丛书）
ISBN 978-7-5598-2952-8

Ⅰ．①平… Ⅱ．①政… Ⅲ．①民间故事－作品集－平
乐县 Ⅳ．①I277.3

中国版本图书馆 CIP 数据核字（2020）第 100454 号

广西师范大学出版社出版发行
（广西桂林市五里店路 9 号　邮政编码：541004）
　网址：http://www.bbtpress.com
出版人：黄轩庄
全国新华书店经销
广西广大印务有限责任公司印刷
（桂林市临桂区秧塘工业园西城大道北侧广西师范大学出版社
集团有限公司创意产业园内　邮政编码：541199）
开本：787 mm × 1 092 mm　1/16
印张：13.5　字数：200 千
2020 年 6 月第 1 版　　2020 年 6 月第 1 次印刷
定价：58.00 元

如发现印装质量问题，影响阅读，请与出版社发行部门联系调换。

《广西平乐县历史文化丛书》编纂委员会

顾　问：陆智成　石小松

主　任：袁天赐

副主任：林　忠　黄家乐　于　江　邱盛娣

主　编：邱盛娣

副主编：陶永铭　黄金华

编　委：李小华　凌常兴　廖燕婷　刘　懋
　　　　石丽梅　贲荣芳　欧改福　黄平姣
　　　　曾薇晓　陈强旺　唐建琳　汪文卿
　　　　陆志华　梁锦鹏

编　辑：凌常兴　石丽梅

让民间的散珠碎玉再现光芒

陆智成

平乐县位于桂林市东南部，古称昭州，地处漓江、荔江、茶江三江汇流处，上接湘楚、下抵粤港，素有"两粤通衢"之称。秦始皇时已有驻军，三国吴甘露元年（公元265年）建县。得三江汇流之利，承桂江丰盈之水，平乐极尽桂林南部之繁华，是桂林市唯一一个处于国家级战略"珠江——西江"经济带上的县。

平乐不仅以奇特秀丽的山水风光吸引世人，更因悠久灿烂的多元文化享誉八方。千百年来，平乐人民在昭州这片古老而又富饶的土地上，创造丰富物质文明的同时，还创造了辉煌灿烂的文化。除了妈祖文化、州府文化、中原文化、过山瑶文化、船家文化、廉政文化外，还有流传于民间的一个个故事。无论是在县城还是在乡村，无论是山川还是河流，随处都有引人入胜的民间故事，遍地都散落着动人的民间传说。这些民间故事，就像是一粒粒散珠碎玉，静静地躺在历史长河中。

平乐民间故事，蕴藏丰富，种类繁多。主要有地名、村庄、建筑的来历；名人、奇人、怪人的传说；土特产品、祖传技艺的渊源；民间谚语、风俗习惯的由来；等等。

平乐山清水秀、旅游景点众多。很多景点都有动人的传说：《金字岭与桂江的传说》讲述一对男女小仙化为金字岭与桂江水守护昭州城的故事；《海螺将军恋美景》留下了千里黄金水道桂江岸边青山奇石的一段传说；《榕津古榕》深藏着一段痴情的爱情故事……这些故事充满传奇、引人入胜，与我们的旅游景点相得益彰。

平乐物华天宝、人杰地灵。民间不乏地方传说及历史人物、传奇人物的掌故。《广西第一锣》叙述榕津大锣失而复得的曲折；《罗汉街与十八酿》体现了宋代政治家梅挚爱民如子的情怀；《妈祖与榕津》展现了妈祖向善大爱的精神……这一个个故事，都体现了真善美仁智信等中华传统美德。

平乐美食文化博大精深，享誉南北。在这些美食的背后，也蕴含着许多动人传说。自治区级非物质文化遗产平乐油茶是"乾隆御赐的爽神汤"，具有消食健胃、驱湿避瘴之功效，声名远播；平乐"桂江全鱼宴"，味道鲜美，具有食疗功能；"平乐石崖茶"喝后神清气爽堪称神茶；猴子酿酒的方法被一对老夫妇获取，从此"昭州酒"久负盛名；"平乐水盐菜"是妈祖为救治受瘴气所累的昭州百姓所制……平乐民间的一箪食，一瓢饮，都饱含诗意与深情。

海纳百川，有容乃大。平乐民间故事，来自汉、瑶、壮、回等15个民族，来自接纳南来北往客商的桂江两岸，是平乐人民在长期的劳动实践中凝练的文化艺术精品，以丰富的思想内容、神奇的幻想色彩、朴素的语言特点和浓郁的地方特色，把读者带进一个个神奇的故事王国。许多传说虽然神奇怪异，但反映了勤劳朴实的中华民族传统美德，再现了聪明智慧、心灵手巧的平乐人民征服自然、利用自然的美好愿望和英雄壮举，主旨表达的都是人们的良好愿望以及中华民族向往光明、乐善好施、扶危济困、惩恶扬善、保家卫国的传统美德。

近年来，"寻找平乐文化的力量，挖掘平乐文化的价值"的强劲春风在昭州大地上吹起，平乐各界人士积极挖掘平乐历史文化，先后出版的《平乐由来》《平乐乡村》《平乐历史名人》等书，在社会上引起强烈反响。如今，本着拾遗补缺的原则，对平乐民间故事进行收集、整理、重编，把散落在民间的"散珠碎玉"串起来，使其再现光芒。这对于挖掘平乐历史文化，增强社会进步的正能量，有百利而无一害，值得传颂和传承。

"根系民间而不衰，流芳百世而常青。"《平乐民间故事》的出版，为我们奉献了一道简约而丰盛的地方文化大餐。我希望通过此书，不仅要了解平乐悠久历史、风土人情、名特产品，清楚这些故事对平乐旅游及经济社会的促进作用；更重要的是，要挖掘平乐民间故事后特有的精神价值、审美体验，形成正确的世界观、人生观、价值观，形成更强大的社会正能量，为我县全面开创后发赶超、产业集聚、强势崛起的平乐新局面，奋力实现从建城老县、人口大县向经济大县迈进，重现古昭州风采的"平乐梦"提供更强大的精神动力！

是为序！

2020 年 4 月 16 日

（陆智成：桂林市政协副主席、平乐县委书记）

目录

C O N T E N T S

传地
说方

人物
传说

景点传说

金字岭与桂江的传说

在平乐县城西处，有一处美丽的景点，那就是三江口。清澈的漓江、荔江、茶江像三条蜿蜒的玉带汇成桂江。三江汇合处除了中立不倚的印山外，还有一座形似金字的岭伫立江边，那就是金字岭。民国二十九年《平乐县志》记载："金字岭，在城西对江五里，四望皆如金字，故名。"只见那金字岭雄浑，三江水温柔。水绕着山，山望着水，山环水绕，仿佛生生世世都相依相恋。而这，确实有一个动人的故事……

金字岭远景

话说在四海八荒，天虞之山至南禺之山有14座山，6530里，那里的神皆龙身人面。其中南禺山上盛产金属矿物和玉石，山下有许多水流。南禺山神的小儿子平金，长得剑眉星目、玉树临风，并且文武双全、行侠仗义，是那一带有名的小仙。南禺水神的女儿乐桂聪明伶俐、娇俏活泼，与平金青梅竹马。平金使一把削铁如泥的金剑，乐桂使一根黄蓝青的三色玉带。两人常在南禺山练功，日出而习、日落方归。一金一玉、一刚一柔，如歌如舞，如诗如画，羡煞山间其他小精怪。这一对神仙眷侣只等到了年纪便可成家。

按仙界规定，他们在成家之前，必须要到人间历劫，方为圆满。于是两个人就相约到人间。

他们腾云驾雾从南禺之山来到八桂大地，四处挑选，最后来到了昭州城上空。古时的昭州是繁华之地。正值秋天，城外漫山遍野都是果实。小的是月柿，大的是金柚。更兼田野里风吹稻浪泛金波，一派丰收的好景色。而城内则热闹之极。卖日杂的、卖布匹的、卖小吃的、唱戏的、杂耍的，应有尽有。昭州富足，人亦温柔和善、知书达礼，他们瞬间就喜欢上了这里，决定下凡昭州。

等他们落入凡间再睁开眼睛，已成了昭州城里的一对新生儿。平金投生在一个粮商家，生来手持小金剑；乐桂投生在教书先生家，生来手拽小玉带。生而不凡，让他们的父母惊讶不已，却也没有慌乱，分别把金剑与玉带用红绳串起，贴在他们的心口处戴着，当是神仙赐予的宝物。

却说平金与乐桂在昭州投生后，不仅失去了从前的法术，甚至连彼此都认不出来。所幸昭州城不大，平金父亲送他到乐桂父亲开的私塾读书后，平金与乐桂相识了。平金初见乐桂就觉得眼熟，却不知道在哪见过。好在他们年纪相当，同窗苦读朝夕相处中，慢慢地就情愫暗生。

天上一天，人间一年。转眼他们就到了18岁。这一年，昭州城大旱，农民的田里颗粒无收。城东、城南还有些耐旱的果树，原以为树上的果实能解农民一时之饥，却凭空一夜消失了。不仅如此，连果园都被烧成焦炭。渐渐地，有些农民涌进昭州城乞讨，城里的百姓也开始心慌。官府开粮仓救济，平金的父亲也联合其他商人每天煮粥给穷人们吃。尽管如此，仍抹不去这场灾难带给百姓的忧虑。

为何会如此？心地善良的平金百思不得其解。一天夜晚，他梦到一个神仙对他说：这次昭州城里的旱灾是一个叫颙（yóng）的怪兽带来的。颙本是令丘山的禽鸟，形状像猫头鹰，长着一副人脸和四只眼睛，而且有耳朵。它脾气暴戾，一旦出现天下就会大旱。本来它被锁在山脚，但最近不知道怎么逃了出来祸害人间。它功力强大，只有金剑与玉带金玉合璧，才能降服它。但如果被颙的大火烧伤，则再无生还之机。

金剑？玉带？在哪？哪个有？平金在梦中问。

天生带来，天机不可泄露。说完老神仙就飘走了。而平金也从梦中醒来。

天生带来？他摸了摸贴着心口挂着的小金剑，记起父亲说这是他天生带来的。神仙莫不是说他？那有玉带的人呢？是不是乐桂？听邻居说过她出生时戴了一条玉带。但这明明只是两个小小的饰物呀！

天亮后，平金赶紧到乐桂家，说了梦中之事。乐桂本也是侠肝义胆之女子，听明来意后，不管可不可信，就立刻拉着平金出门寻妖。

正是巳时，以前这街上早已人声鼎沸，今年却因旱灾，民不聊生，街道显得冷冷清清。这时候，前面跑来几个惊慌失措的人，大叫："妖怪来了，四只眼的妖怪来了！"

金字岭与桂江口

平乐民间故事

平金一看，对面走来一个身穿玄衣、凶神恶煞的人，正不耐烦地用衣袖将那几个百姓挥倒在地上。只见来人鹰形人面四眼，这不正是昨夜梦中神仙讲的妖怪吗？平金立刻明白梦中所言是真，马上大喝："颙，你好大胆！谁给你权力祸害百姓？你赶紧离开这里！"

颙听到有人叫它，一看却是个青葱少年，顿时不屑一顾："哪来乳臭未干的小毛孩，敢管我闲事？"说完将衣袖朝平金猛地一拂，转身朝城西郊外走去。

一时不防的平金被拂倒在地。他起身后看颙已朝城外疾走，便赶紧与乐桂追上去，一直追到城西仅剩的那一片果园。只见颙一张口，树上的月柿果就一个一个地飞入它口中。它接着又张口一喷，一团赤红火焰片刻将果园燃烧起来。果然，祸害昭州百姓的罪魁祸首就是颙。它不仅让昭州大旱，还让百姓无任何生存之物。

平金抽出身上的剑朝颙奔去，大怒："颙，我一定不饶你。"颙扭头远远地喷一口火，瞬间将平金的衣服燃烧起来。颙倨傲地说："就凭你们两个凡夫小娃娃也想制服我？天上多少神仙都奈何不了我！"

听到讲天神，平金与乐桂对视一眼，想起梦中的事，立即掏出小金剑与小玉带。说来奇怪，两件小物一见天日，顿时就变长了。只见金剑刀锋凛凛，玉带熠熠生辉。这耀眼的光芒刺得颙后退了几步。

当他们把金剑玉带齐挥时，那些过往的记忆也跟着呈现：他们本是南禺山的一对小仙，是下人间来历劫的。怪不得在昭州城里，看对方如此熟悉，却不料他们前世就早已定下终身。但由不得他们多思，颙的大火又喷了过来。随着大火过来的，还有巨大的羽翼也朝他们扇过来。他俩齐心迎战，金剑刚劲，玉带柔韧，都被他们舞成齐整的圆圈抗敌。一时间昭州城外天昏地暗，野火蔓延。但毕竟平金与乐桂还在凡间，功力未曾恢复，虽有利器在手，却也讨不到多少便宜。大战三百回合后，他们体力慢慢不支。一个不察，眼看颙喷出的大火就要烧到乐桂身上。为了救乐桂，平金拼尽全力推开乐桂并迅速靠近颙，将金剑全力刺中它的心脏给它致命的一击。颙猛然朝平金喷出一口火后就挣扎着倒地化成一只鸟。平金也被大火烧焦了全身。

乐桂大呼着扑向平金，心如刀绞地扶着他，说："我与你刚忆起前尘之事，你就受了这么多的苦难。这就是我们下人间要历的劫？"

倒映在桂江口的金字岭

　　平金的血正汩汩地流出，意识也慢慢涣散。他用微弱的声音说："乐桂，我感觉生命要流失了。前世在仙界，我们青梅竹马；今世在凡间，我们两小无猜。来世，我无法陪伴你回南禺山了。你回去吧，那里鸟语花香、四季如春，不会有争斗，也不会有危险。你回去跟我父亲说孩子不孝，留在昭州守护这片土地了。"

　　乐桂转身看着昭州城，想着这十几年生活在这个地方的安宁美好，要是离开将来也许还有其他妖怪来祸害百姓。更重要的是，她不能把平金孤零零地扔在这个地方。想罢，她牵着平金的手坚定地说："不，我与你一起下凡历劫。如果你不回去，我也不回。我要永远与你在一起，我们留在这里，生生世世守护这方百姓。"

　　话一说完，两个人就幻化成了山与水。平金是山神的儿子，生来带金的他化为四面形似金字的金字岭。太阳照在他身上闪耀着金光，给昭州人民带来富庶的生活。乐桂担心昭州此后再遇大旱，就化成了桂江护着昭州城。她的三色玉带也化为三条河流从不同方向汇集到她身上：一条从桂林方向流来，叫漓江；一条从荔浦方向流来，叫荔江；一条从沙子方向流来，叫茶江。但凡雨季来临，她身上的三条江还会呈现出玉带那黄蓝青三种颜色呢。

平金与乐桂化成的金字岭与桂江水，山依着水，水环着山，再也不分开。而因为有他们守护，昭州城从此再无灾难，变得富饶美丽，生机勃勃！这里的百姓也安居乐业，过上了幸福安宁的生活！

（石丽梅收集整理）

平乐印山

在平乐县城西面马河的三江汇聚处，有一座酷似印章的小山立在江中。千百年来，当地人都叫它"印山"。说起它的来历，却有一段惊心动魄的故事。

不知哪朝哪代，在江边的一座祠堂里，一位老秀才教着十多位蒙童。这些蒙童都是十二三岁光景，正是贪玩的年龄。其中有两位生得与众不同。一位姓李，面如重枣、眼如铜铃，其父为他取了一个单名"霸"。另一位姓刘，本村人氏，也是一个单名，叫做"念"，长得眉如刀剑、鼻如山梁，透着一股豪侠之气。二人平时十分要好。

话说某年四月的一天午后，老先生犯春困，不觉在教室打起盹来。李霸见有机可乘，便对刘念说，我们何不出去耍一会儿。刘念正有此意。于是二人便悄悄溜出大门，来到绿茵茵的河滩上玩耍起来。正玩得兴头之上，李霸忽然跳了起来，不顾江水寒冷，往江中跑去。原来，水底卧着一个如鹅卵大小的蛋。李霸捡起蛋，满脸洋溢着笑意，回到了刘念的身旁。刘念感到好奇，定要仔细看看。一个不给看，一个争着要看。俩人就争夺起来。李霸东躲西藏，慌乱无措中，把蛋连壳吞咽下肚。然后做着鬼脸，朝着刘念晃动双手，一脸得意。

突然，满脸得意的李霸现出痛苦之色，两眼发赤，汗如雨下，口中连连狂叫，直痛得在地上打滚。狂乱中，李霸滚进江中。不知为何，李霸的身子一碰到江水，疼痛就消除了，只是感到口渴得要命。他便大口大口地喝着江水，不过一顿饭的工夫，整条桂江便被他喝得见了底。望着被自己喝干的河底，李霸意犹未尽地站了起来，整个身上噼啪噼啪地响着，头上冒出了角，身上长出了鳞，口中连连嚎叫："我要变成巨龙也!"刘念由同情到惊呆,现在已经十分镇定。看到好同窗变成这副怪样,发怒道:"你这恶龙好好地离开李霸身体也就罢了。如作恶,我定要学好法术,把你除掉!"李霸变成虬龙后,便一刻也停顿不住,腾身而起,呼呼地向着远方而去。所过之处,狂风大作,大雨倾盆,大树折断,房屋倒塌,人烟之处一片哭声。不过多时,虬龙便来到昭平与平乐交界处一个叫黄龙的地方,潜伏在江底修炼了。

再说刘念眼见李霸变成恶龙腾飞而去,心想,恶龙肯定会修炼,将来必成祸害。于是他立下决心,要寻师学艺,为民除害。第二日,刘念即拜别先生和父母乡邻,往峨眉山寻师去。刘念一路风餐露宿,直走了半年多,才到四川峨眉山地界。

刘念听人说峨眉山是一座仙山,上有神仙高人。心想,今日来到仙山,肯定能寻到师傅,便把一颗半年多悬着的心放了下来。在山脚摘些野果充饥后,找一个丛草厚处躺下身子,便沉沉地睡了过去。不知睡了多少个时辰,迷糊中,只觉一阵狂风刮过身边,刘念"噢"地一下坐直身子,只见一只猛虎朝他扑将过来。刘念本能地一躲,然后朝着山坡滚了下去,躲过了猛虎锋利的一爪。猛虎因长时间未曾进食,今天碰到如此美味,怎肯轻易放过,便"噢噢"地从高坡上往下猛扑。就在刘念眼看要被猛虎撕咬的紧急关头,一位白发老人从天而降,驱走了畜生。刘念惊飞的魂魄刚收进胸腔,顾不得道谢救命之恩,朝着白发老人倒地便拜。原来,这位

渔民在印山河段捕鱼

老人不是别人，正是得道的峨眉老祖。当峨眉老祖问清刘念的身世和前来峨眉的缘由后，面露喜色道："看你虽然瘦小，却天资聪颖，又有为救同窗、为民除害之志，我且答应你。"刘念欢天喜地跟随师傅峨眉老祖来到一处险峻的洞穴，安下心来学习法术。

刘念在峨眉山冬练三九，夏练三伏，不知不觉已过了三年。这三年中，李霸变成的虬龙也在刻苦修炼，在平乐和昭平境内，穿山进谷，兴风作浪，不知撞翻了多少船只，伤害了多少无辜百姓。

一天，峨眉老祖屈指一算，发现虬龙作恶太过，心中有意叫徒弟刘念前往除害，便令身边小童叫来刘念。待刘念拜过师傅，峨眉老祖对刘念言道："念儿，你在山上学道已有三载，下面虬龙作恶太甚，你愿不愿意下山降伏恶龙，为民除害？"刘念大喜过望，心中想，三年夙愿就要实现，哪有不愿之理？便连连点头一口应承。峨眉老祖见徒儿应允，便吩咐小童拿出秘藏宝物——一枚法印，赠予刘念："你带在身边，如此……如此……赶快去吧！"

刘念当即拜别师傅，不过几个时辰，腾云回到平乐。只见原来船只穿梭的江面上一条船也没有。连打鱼为生的渔民也不敢下河捕鱼，只能上岸另谋生计。看到如此景象，刘念除恶之心更加迫切。于是，一路沿江探查。一日，来到长滩，睁着朗目张望，只见此处浪急波涌，轰隆之声不绝于耳。刘念断定恶龙十有八九在此。于是跳到一块大石上，掏出法印，念动咒语，一道道金光打入江中。不一会儿，忽听一声巨吼，山岳震动，森林呼啸，一条巨龙从江中翻腾而起，朝着刘念张牙舞爪冲来。刘念大吃一惊。定了定神，此条巨龙正是同窗李霸当初所变，便大喝道："你这畜生，还不还回李霸，尔等如此作恶，该当何罪！"虬龙一见刘念手中的法印，心中大为恐慌。心想今日刘念必定有备而来，便压住恐慌之心，斗胆答道："这不能怪我，是李霸将我吞了，我不得已才借体化形。如今李霸已经与我同为一体，想分开也分不了。望你看在李霸的分上，网开一面。"

刘念闻听此言，更是火冒三丈。心想，李霸化龙也就罢了，那你祸害百姓，罪责难逃！刘念不再饶舌，咬牙切齿，举着法印，朝虬龙照去。在法诀的催动下，法印显出神奇，一道道金光直射虬龙双眼。虬龙只觉眼前金光直逼，顿时头昏目眩、

印山夕照

天旋地转。心想：如不及早抽身，必将毙命于此。于是，虚晃一枪，一声长吼，趁机掉头而去，使出吃奶之力，顺着县城方向，紧裹团团乌云，腾空而跑。

刘念在峨眉山苦练收魔法术，为的就是今天能一举歼灭虬龙。眼看就要大功告成，哪能由虬龙再逃走？于是，朝着虬龙逃跑方向紧追。但虬龙上可腾云，下可潜水，刘念靠两条腿确实比不上虬龙，渐渐地，虬龙把刘念甩在了后面。

　　峨眉老祖虽然远在千里之外，这边刘念斗虬龙的一举一动、一招一式却了然于胸。此时他看到刘念被虬龙甩开，如不及时设法，虬龙定会寻机隐藏，销声匿迹。到时三年的心血化为乌有，岂不是对自己的名誉大大损伤？于是急忙口中念念有词，念起请神诀来。

　　正在天庭巡察的托塔天王李靖收到请唤后，就分出一缕意志镇守在三江口上空。虽是一道虚影，但李天王是何等人物，岂是小小的虬龙能较量的？在玲珑塔神光的镇压下，虬龙寸步难行。追上来的刘念见此情此景，立刻要抛出法印将虬龙斩杀。"且慢，这虬龙身上还有我李家后人的一道残魂，待我收回！"李天王话刚落，一道李霸的魂影就从虬龙身上飘了出来，向玲珑塔飞去。"好，你可以动手了！"言罢，李天王巨大的身影渐渐隐去。

　　刘念急忙将法印抛出，只见法印自动变大，变成了一座小山，将虬龙镇压到了江底。从此，桂江风平浪静，百姓过上了安居乐业的生活。

　　明朝年间印山发生了晃动，据说是虬龙要翻身了。于是，百姓便集资在印山上建了一座亭叫"印山亭"。此后，再也没有虬龙翻身的事情发生了。

（张天德收集整理）

平乐民间故事

野鸭石

印山屹立在平乐城西、令公庙前面的茶江之中。上面有一石碑，刻有"中立不倚"四个大字。茶江环绕着印山的周围，远看印山好像玉玺放在锦缎上面。令公庙背面有一宝塔，河水倒映着印山和塔尖，好像笔尖在石面砚上蘸墨。印山脚有一小洞，名曰"宝鸭洞"。

传说印山下有一对宝鸭，美如鸳鸯，不时从"宝鸭洞"出来随波嬉戏。如若有人惊动，宝鸭便隐入洞中。奇怪的是，遇到涨洪水，印山自然随洪水上涨，从未被

印山石刻

洪水淹没过；洪水退下，印山仍然立在河中。

一天，平乐府衙门前张灯结彩，南门大码头高扎彩楼，行人熙熙攘攘，热闹非凡。府台大人乘八抬大轿，前呼后拥，鸣锣开道，去迎接一位"贵宾"。来到码头，两旁的文武官员和地方绅士早在等候。迎接谁呢？百姓们窃窃私语。这时一艘官船缓缓靠岸。突然，一连响起三声大铳。礼炮完毕，一个黄头发、蓝眼睛、勾鼻子的洋人从船舱走了出来。这个洋人自称是"神父"。他站在船头，昂首张望，表情十分傲慢。府台大人卑躬屈膝、毕恭毕敬地把洋人接进府衙，大摆筵席，与文武官员及地方绅士，给这位远道而来的洋人洗尘。

第二天，府台大人陪同洋人游览了平乐八景。一连游了三天，最后来到印山亭。洋人突然发现了印山脚下一个小洞隐伏着一对宝鸭。他立即起了贪宝之心，当场就想捕捉。但怕引起事端，方才罢手。回到府衙后，府台设宴款待，酒过三巡，府台叫伺童捧出备好的礼物献上。

洋人笑道："这些礼物，本人是不感兴趣的。"他两眼环视四周，表示有言不便启齿。府台见状，心领神会，便喝退两旁随从，两人才窃窃私语。洋人道："今天我看见印山脚下有一对宝鸭躲在洞中。如果能帮忙捕得，那我就心满意足了。"府台陪笑道："贵人看中那对宝鸭，有何难哉。今晚我就叫心腹随你前去捕捉。"

更深夜静，天星稀疏，浮云遮住眉月，透出暗淡的光。洋人和随从蹑手蹑脚来到江边，驾小舟到印山脚，偷偷把一对宝鸭捉住。由于洋人做贼心虚，手忙脚乱摔了一跤，一只宝鸭展翅飞走了，在空中嘎嘎哀叫，边飞边回头张望，依依不舍地留恋着印山和失去的伴侣。这只宝鸭飞到荔江和漓江汇合处落了下来。宝鸭思念伴侣，心想现在自己孤苦伶仃，以后的日子怎么过？一腔怨气憋在心里，怎么也排泄不出来，最终气死在宝沙，变成了化石。后来，百姓被它的情义所感动，便将此石取名为野鸭石。

（张天德收集整理）

平乐民间故事

五龙抢珠

很久以前，在风景秀丽的桂江源头两岸，有五条巨龙。它们分别是黄龙、花龙、青龙、白龙和乌龙。

传说处于茶江口江心的印山，原来是颗闪闪发光的龙珠。这颗龙珠，在晚上光芒四射，不仅能方便行船捕鱼，而且还能为靠近岸边的人们提供照明。五条巨龙都希望得到这颗龙珠，各不相让。黄龙想出了一个好主意，说："大家都不必争吵了，各自退后三十里。明日午时开始飞向龙珠，谁先靠近龙珠，龙珠就属于谁。但要牢记，不论谁得到龙珠，都不能吞入腹中。因为这是玉皇大帝为了让水上人家晚上行船、捕鱼、补网方便才放到水中的。如谁将龙珠吞入腹中，就会遭五雷轰顶，还要背负千古骂名。"四龙认为黄龙言之有理，就按黄龙所讲的办法各自退后三十里。

印山和令公庙

第二天中午时，巨龙们一齐向龙珠飞去。黄龙最先到达，头在令公庙，龙舌已舔着龙珠。

花龙比黄龙稍奔得慢一些，头刚到陶瓷厂处，便躺在那里喘大气。

白龙比花龙又慢一些，才到云盘岭，垂头丧气的。龙头抵达大拱冲，正在喝水解渴。

青龙比白龙更慢，龙头在万人锅，见此处人山人海，自愧落后便跃入江中洗澡。人们见青龙翻起的浪花十分好看，纷纷鼓掌叫好。青龙正洗得称心，听见赞扬声，更加得意忘形，左腾右跃，上翻下滚，把浅滩捣成几丈深的潭。这就是现在的龙潭。

乌龙最慢，离龙珠还有十里左右，气得摇头摆尾，七孔生烟，口吐火星。火星落到地上，把一座大山燃成光秃秃的。那就是位于荔浦市和平乐县交界的火焰山。现在还是余烟缭绕，不时还可以看见烟雾呢。

（徐炳光收集整理）

海螺将军恋美景

在离平乐城东约五里之地的桂江左岸，有座下圆上小、螺纹一圈一圈直缠绕到顶的山。山上草木葱郁，远远看去好似一只身披青苔滴着水珠的青螺。这就是螺蛳山。

相传，这山和漓江的螺蛳山，原是龙王专门派来桂江为三太子寻找美女的两名螺蛳将军。他们从东海启程，一前一后沿桂江逆水而上。走后面的海螺将军生性贪玩好耍，加上从没到过人间，被人间的美景迷住了。一路上，见鲜花就采，见岩穴即钻，见甘泉则饮。这样一路走一路玩。走到黑山脚附近天就黑了。他惊奇地看到上游灯光点点，犹如满天繁星，隐约还传来锣鼓声和鞭炮声。这是什么地方呢？好奇心驱使他驾动祥云，转眼间便到了城郭上空。他降下云头，摇身一变，化作一青衣汉子，进城一打听，才知道是平乐城。

长滩螺狮山

　　平乐城位于荔江、茶江、漓江交汇处，水路交通极为便利，自古以来都很繁华。日间人来人往，晚上万家灯火。时值新春佳节，人们舞龙舞狮，载歌载舞，喜庆丰收，欢度佳节。爆竹声、鼓乐声、歌声和欢呼声，此起彼伏，不绝于耳，看得他流连忘返。加上各色各样的风味小吃，年糕、假粽、盐菜、水浸粑、十八酿……精致可口，风味独特，吃得螺蛳将军唇齿留香，舍不得走了。他一连看了几天几夜，吃了几夜几天，把龙王交给的差事，忘到了九霄云外。

　　事后，龙王问他为何将差事忘得一干二净？螺蛳将军说，我路过平乐，被优美的舞姿，五谷丰登、六畜兴旺的景象，万家灯火、万民同欢的场面迷住了。龙王听罢大怒，说："你既然不思东海，留恋平乐，那就罚你在此地变成螺蛳山。放盏巨大的油灯在你身旁，让你百年内日里享受千人朝拜、夜里可观万家灯火吧！"百年之后，油尽灯灭，只留下个灯盏窝伴着这座螺蛳山了。

　　后人编了道顺口溜取笑这位螺蛳将军：

> 灯盏窝旁一大螺，
> 只因贪玩误事多；
> 为观美景饱眼福，
> 化作青山怎奈何？

（黄金华收集整理）

蚂蟥山

沙子古镇人杰地灵，物宝天华。而著名的沙子八景，更让风光旖旎的古镇锦上添花。

有一首描写沙阳（沙子古称沙阳）八景的诗云：

> 飞凤山前景象妍，
>
> 邓公岩内近旁边。
>
> 下洲蚂蚬浮头面，
>
> 上渡金鸡在眼前。
>
> 猴子生成猴子坐，
>
> 蚂蟥相似蚂蟥眠。
>
> 鸣钟击鼓岩中响，
>
> 和尚抬头一洞天。

该诗形象概括了沙子八大景点的特点。它们形象各异，各有千秋。位于茶江旁边蚂蟥山上，蜿蜒起伏，形似蚂蟥游水，是八景之一。说起蚂蟥山，还有个神奇的传说呢。

古老的茶江流经沙子，平缓的江面像撒开的折扇，顿时宽阔了许多。江边孤舟野渡，群山倒映；远处烟波浩渺，渔舟点点，风光奇绝。镇上九个池塘似九面宝镜，众星拱月般点缀着沙子古镇这颗明珠。连天上往来的神仙都禁不住按下云头，欣赏一番风景如画的沙子美景才踏云而去。

秀美的山水滋润了一方水土，也让居住在这里的沙子人丰衣足食。他们日出而作，日落而息，宛若生活在桃源世界之中。每到节日来临，生活幸福的沙子百姓都会聚在一起，对歌当酒，一唱一和，敲锣打鼓，甚是热闹。锣鼓喧天不但引来了四面八方的人们，也让躲藏在茶江深潭中的泥鳅精蠢蠢欲动。

话说这只泥鳅精在深潭中修炼了八百年，能变幻成人形。八百年来，它静心养性，摒弃贪欲，一心修行，功力渐成，能上天入海，呼风唤雨，腾云驾雾。照这样下去，再有二百年，它就能脱去凡尘，羽化成仙。

但它凡心未泯，尘世间连续不断的喧闹声此起彼落，连绵不绝，一声声欢呼像鼓槌一样敲击着它的心。那平静如水的心湖竟心旌荡漾，跃跃欲试。这天是五月十三，是沙子街的传统节日，四面八方的游人涌入沙子镇，要来观看龙舟竞赛。随着比赛时间的到来，准备就绪的龙舟像离弦之箭，奔向目的地。龙舟上的锣鼓手使劲地敲着锣鼓，那雷鸣般的锣鼓声再次冲击着泥鳅精因为修行而尘封的大门。它终于按捺不住躁动的心，心想：先出去看看，再回来修炼，反正也不差这一天。于是，泥鳅精摇身一变，幻化成一位油头粉面的公子哥，穿着长袍，摇着羽扇，一副无所事事的样子，来到街道上。

街上人山人海，车水马龙，琳琅满目的商品摆满街道两旁。饭馆里不时飘来诱人的香味，令人垂涎欲滴。久不食人间烟火的泥鳅精被诱人的香味一熏，把它心头

沙子风光

的饿虫勾了出来，它顿时感觉饥肠辘辘，沿着那香味寻去，终于来到门庭若市的饭馆前。

饭馆很宽敞，连着十多间房屋。里面高朋满座，桌面上摆满饭菜，香飘四溢。人们三五成群，有的高谈阔论，频频举杯；有的豪情万丈，对酒当歌；有的彬彬有礼，不亢不卑；有的巧舌如簧，侃侃而谈……泥鳅精看到客人吃着香喷喷的菜肴，望着别人大快朵颐，它口水流出三尺长来，恨不得把桌上的美味佳肴都装入自己的肚子中。可它身无分文，只能干看着别人痛痛快快地大吃大喝。

店小二在一张空桌子前放了两道菜。这是刚从锅上舀上来的猪脚炖汤和扣肉。两道菜热腾腾地冒着气，诱人的肉香直钻入泥鳅精的鼻子里。泥鳅精再也忍受不住饥饿的煎熬。它瞧瞧没人注意，径直坐到那张桌子面前，拿起碗筷就大吃起来。正当它吃得口角流油的时候，两位客人来到它面前，一把抓住泥鳅精的衣领：快来人呀，白食客偷吃我点的菜了！人们纷纷围上来，泥鳅精在众目睽睽下，恨不得找个裂缝钻入地下。店小二拿着扫帚，狠狠抽了它两板，把他赶出饭馆。

泥鳅精狼狈地回到茶江的深潭中，它摸着被打得隐隐作痛的肩膀，越想心头越气，把修炼的事忘到九霄云外了。怒从心头起，恶向胆边生。它咬牙切齿地说："你们不给我吃美食，老子要吃了你们，尝尝人肉的味道。"它来到龙山洲旁边，使出十成功力，一掌劈在龙山洲对面的山上。只听轰隆一声惊天动地的巨响，那坚硬的岩石碎裂成无数大小不一的石块，把茶江河堵塞了。它仍不解恨，作起法来。顿时，乌云密布，雷声滚滚，电光闪闪，倾盆大雨连续下了七天七夜。洪水涨上了沙子镇，房屋被淹没，农田被冲垮，一场前所未有的灾害自天而降。人们呼天抢地，纷纷逃到山上，哭声震天。

悲惨的哭喊声惊动了住在山中的蚂蟥仙。它是一位得道的蚂蟥，千年道行，终于羽化成仙。它走出山洞一看，可不得了，洪水滔天，几乎把沙子镇淹没了。它连忙飞上天空，低头一看，乌云盖顶，泥鳅精正在施计作法，危害百姓呢。

蚂蟥仙将祥云定在天空，双手合十，口中念念有词。一道闪光自它手掌飞出，直奔泥鳅精的头上，只见一团大火在天空燃烧。不一会儿，漫天乌云被烧至殆尽，雷住了，雨停了，霞光满天，晴空万里。

沙子老街

泥鳅精看到有人破坏它的好事，将满腔怒火泼到蚂蟥仙身上，使出浑身力气拳打蚂蟥仙。它只觉得拳头打在棉花团上，千钧气力消失得无影无踪。它正要把手收回，却不料被蚂蟥仙的乾坤袋网住，吸到袋子里面去了。

收拾了泥鳅精，蚂蟥仙来到茶江河畔。只见它双手合十，再向两旁打开，淤积在江中的岩石立即被整整齐齐叠在江边，成了保护江堤的基石。茶江瞬时通畅了，灾难解除了，人们又回到了幸福的家园。

为了防止妖魔鬼怪再次危害百姓，蚂蟥仙站在龙山洲旁边的石山上，日夜守护着茶江。天长日久，站在山上的蚂蟥仙化成了岩石。现在人们从龙山洲经过，还能看到一条巨大的蚂蟥伏在岩石上，警惕地注视着茶江。

为了纪念蚂蟥仙保护沙子人民做出的巨大贡献，人们把蚂蟥仙站岗的那座山叫做蚂蟥山。

（邱军生收集整理）

平乐民间故事

八月十六鞭炮节

每年农历八月十六，八方宾客汇聚榕津，整个榕津便处在沸腾之中。鞭炮震天响，烟花映夜空，锣鼓震耳聋，龙狮喜若狂；秧歌扭起来，排灯跳起来，好戏连台唱，好歌声绕梁，好一派令人流连忘返的景象。这就是榕津的鞭炮节。

提起鞭炮节，人们不会忘记那段美丽的传说。

在很久以前，榕津住着一户姓叶的人家。夫妇俩60岁那年老来得一子，取名叶理。老来得子本是欢天喜地的事，不料儿子十九岁那年突然得了怪病，一病不起。老夫妻心如火烧，远近郎中找遍，山中草药采尽，儿子的病情仍然毫无起色。

一天，老汉正在山野采药，巧遇一老者坐在一青石上。只见那老者模样古怪，浑身极脏，发出难闻的怪味，身上还能看见跳蚤，正坐在那里搔痒。老汉正要从他身边经过，老者一把拉住老汉，说只要老汉帮他捉100个跳蚤和100个虱子，就告诉他治儿的良方。老汉听后二话不说就在老者身上捉起来，双手齐动，一手一个，很快就捉了双百个。老者口中连说："舒服！舒服！"手指着前面悬崖上的一棵大树说：

树上一鸟巢，

刚出没长毛。

儿子生吃下，

上树掏鸟巢。

说完吟歌而去。老汉大喜，直奔树上，刚掏下小鸟，突然一白虎呼啸而来，直追老汉掉下悬崖。碰巧一樵夫在砍柴，叫醒血肉模糊的老汉，老汉忙说："帮我拿这

鞭炮厂

些小鸟回家给我儿子生吃治病。"说完就命归黄泉。从此，此崖叫白虎头。

且说儿子生吃了小鸟后大病初愈，便与老母上山安葬父亲。母子俩哭得死去活来，诉个肝肠寸断。那老者又来到老汉墓前，对老妇人说愿意收小儿为徒，教他生活绝技，老妇人忍痛与儿子分离。

儿子一去就是半年未归，家中老母思儿成疾，一病不起。转眼已是八月十五中秋节，家家鱼肉俱全，户户妻儿团圆，欢天喜地过中秋节。唯有老妇茶饭不思，仍在苦苦地等他儿子回家。

第二天，天刚蒙蒙亮，忽闻村头响声震天，全村老小出村一看，只见那叶理手持串串玩意，笑盈盈地回村来了。老母听得，连跑带爬地出到门外，紧紧地抱住叶理。老妇问儿子，这些日子干什么去了。叶理说："带走我的那个老人就是鞭炮的始祖祝大仙，这些日子他教我做鞭炮。"

从此，逢年过节家家户户总以放鞭炮来表达人们的喜庆心情。榕津也以做鞭炮为业，成了鞭炮的发源地之一。至今，榕津的鞭炮"响"誉中外，并将每年八月十六定为榕津的鞭炮节。

（黄金华收集整理）

榕津古榕

说起榕津古榕的来历，还有一个凄美的爱情故事哩！

相传，火神祝融有九个女儿，个个聪明美丽，勤劳善良。小女儿连秀更是如枝头开的花，天上飘的云，备受祝融的疼爱。

这一天，九姐妹正在祝融峰上嬉笑玩耍，突然传来父亲粗犷的喊声："女儿们，快来呀！爹给你们带新伙伴来了！"姐妹们迅速赶回家，只见祝融手牵着一男孩，笑盈盈地迎了上来。那男孩十四五岁，破衣烂衫，灰头土脸，但一双眼睛特别亮，闪射出的光极富灵气。姐妹们好奇地打量着他，看得他一脸羞红，怯怯地低下了头，双手在衣角上搓来搓去。

"女儿们，这孩子叫叶理，家境贫寒，但极富孝心，小小年纪却侍奉着多病的母亲。"祝融环视了女儿们一眼："我带他回来，就是要教他制作鞭炮，让他有能力供养母亲。今后，他既是你们的伙伴，也是你们的徒弟了。""好呀，好呀！"九姐妹一齐拍手叫好。

就这样，叶理在祝融峰住了下来。白天，姐妹们轮流教他制作鞭炮的工序；晚上，她们围着叶理，听他讲人间的风土人情、奇闻趣事，更喜欢他唱山歌。那山歌从他的口中流出，一首接一首，像流淌不息的春江水，听得她们心驰神往，如痴如醉。

九妹连秀听得最入迷，扑闪着大眼睛，一眨不眨地望着叶理，脸上的表情随着歌词的喜怒哀乐不断地变化。她最喜欢叶理唱这首山歌："风吹云动天不动，水推船移岸不移；在天愿作比翼鸟，在地愿为连理枝。"听得她脸儿臊、心儿跳，越臊越跳越想听。不知不觉连秀与叶理的距离越拉越近，心也越贴越近。看不到叶理，她心头就发慌，打不起一点精神。和叶理在一起，她的心便怦怦直跳，平日伶牙俐齿，也会变得结结巴巴。她既希望他尽快学会做鞭炮，早点回家侍奉老母，又希望他学得慢些，留在祝融峰多陪她一段日子。情窦初开的小九妹哪里知道，爱情的种子，已经播入了她的心田，正等着发芽、开花、结果呢！

冬去春来，花开花落。时间就像祝融峰上的泉水一样，转眼间便流去了一年。叶理学会了做鞭炮，想回家了！九姐妹舍不得离开叶理，叶理也舍不得离开九姐妹。小九妹更是心绪不宁，一扫往日的天真活泼，变得郁郁寡欢。

大姐看出了小妹的心思，劝她说："天下没有不散的筵席，你把心放宽点。""姐，你不知道……"连秀脸一红，咽下了话尾。大姐望着小妹，关切地说道："你的心思大姐早就看出来了。唉，仙境和人间不能混为一体啊！"

那天清早，太阳才露出红红的脸蛋，叶理便离开了祝融峰。连秀送了一程又一程，叮嘱的话说了一遍又一遍。眼看下到衡山脚了，连秀说："叶理，把那首《风吹云动天不动》再唱一遍，好吗？"叶理亮起嗓子唱了起来。歌声在山谷中频频回应，

榕津古榕

传得好远好远。歌声在连秀心头来回萦绕，久久不息。分别时，连秀掏出一节烟花，递给叶理，说："这是一节直冲云霄的烟花。当你危难时，将它朝天点燃，我自会来助你。"叶理接过烟花，深情地说道："连秀，山不转水转，我们还会相见的。""但愿如此。"连秀说完，已是泪花闪闪。

叶理回到家，马上做起鞭炮来。他做的鞭炮工艺精，质量高，价格便宜，一下子便打开了销路。他不忘村邻们平日对他孤儿寡母的照顾，将技术传授给他们。不多久，这个村家家户户都会做鞭炮了，叶理也成了"鞭炮大王"。

俗话说，人怕出名猪怕壮。"鞭炮大王"的绰号，传到了镇上肖二爷的耳朵里。别看这肖二爷貌不惊人、才不出众，但他仗着舅舅是昭州县令，横行霸道，鱼肉乡里，人称肖老虎。他找到叶理，说他私下制作鞭炮，违反了行规，扰乱了经商秩序，限定他以后生产出来的鞭炮，一律交给他提成出售。叶理偏偏不信他这一套，继续干自己的，生意越做越红火。肖老虎恼羞成怒，串通贾县令，将叶理打入了大牢。

叶理躺在冷森森的牢房里，左思右想，都想不出脱身之法。猛然间，他记起了临别时连秀的话，掏出那节烟花，心中不觉一喜。一会儿，他又发起愁来。自己身陷囹圄，牢房砖墙四壁，烟花又怎能直冲云霄，让连秀看见呢？正当他无计可施时，一位牢狱走了过来，他见叶理长吁短叹，便道："我晓得你是无辜的，但肖家势大权高，谁敢得罪啊！认命吧！"叶理心念一闪，说："大叔，我怕是凶多吉少，这节烟花你拿去给孩子玩吧！"牢狱接过烟花，高兴地说道："今天是我儿子的生日，这节烟花正好派上了用场。"

却说自从叶理走后，连秀像丢了什么东西似的，心里空落落的。只要一闭上眼，叶理的笑容就会出现在她的眼前。这天晚上，皎洁的月亮玉盘般挂在天空，如水的月光洒下来，给祝融峰披上了一层白霜。连秀坐在岩石上，静静地望着明月出神。突然，一团烟花从东方窜起，直冲云霄，将天空也映红了半边。她心中暗暗叫一声"不好"，便匆匆下了衡山。

月上中天，清冷的月光照得县衙门一片森寒。就在这阴冷如银的月光中，一团光球凌空飞过，落入衙门。贾县令的书房还透出灯光，他正和肖老虎在灯下清点搜刮上来的钱财。突然，门无风自开，走进一位绝色女子来。那女子厉声喝道："狗

榕津古榕

官，快放了叶理！不然，县衙将化为灰烬！"肖老虎朝女子淫笑一声："休说放了那穷小子，恐怕连你也走不掉了！"那女子柳眉倒竖，杏眼圆睁，骂道："贼子，给你们吃点苦头，才晓得姑奶奶的厉害！"只见她一个旋转，便化成一团火球，烈焰越烧越旺，灼烤得他们杀猪般叫唤不停："饶命呀，饶命呀！"好一会儿，火球才恢复人形，对被烧得焦头烂额的两位贼人道："半个时辰内，不见叶理，我就将你们烧成烤猪！""马上放人，马上放人！"贾县令和肖老虎连连求饶。

连秀和叶理回到家中，母亲见到儿子平安归来，还带回一个美如天仙的姑娘，乐得合不拢嘴。她假意责备叶理："你这孩子，给娘找了个好媳妇，也不告诉娘。""这……"叶理茫然地望着连秀。连秀的脸上泛起两朵红霞，转身进了内房。

母亲拍了拍呆呆站着的儿子，道："傻孩子，还不去置办彩礼，拜堂成亲！"叶理恍然大悟，乐得一蹦三尺高。

第三天，是叶理和连秀成婚的大喜日子。头天晚上，连秀的八位姐姐飘然而至。她们望着连秀和叶理，又是喜，又是忧：喜的是有情人终成眷属；忧的是父亲会棒打鸳鸯。大姐婉言劝道："小妹，父亲正在找你。他的脾气你是知道的，岂能容你私嫁人间？""我和叶理生生死死在一起，姐姐们不必再劝。"连秀坚定地说。"那……姐姐们就给你当伴娘吧！"

到了第三天，本来是阳光灿烂、微风习习的好天气。突然，狂风四起，飞沙走石，一团火烧云从南方急速飞来。九姐妹一见，吓得脸色煞白。她们知道，父亲要来惩罚自己的女儿了。果然，火烧云停留在叶理家上空，云头端坐着须发皆红、环额豹眼的火神祝融。他对连秀命令道："连秀，速回祝融峰！"九姐妹齐刷刷朝祝融跪成一排。连秀哀求道："请父亲念在父女之情，成全女儿吧！""放肆！火神之女，岂能下嫁凡人？如不遵循父命，休怪为父翻脸无情！"祝融怒气冲冲地喝道。八位姐姐也替连秀求情："父亲，连秀与叶理情投意合，你老人家就网开一面吧！""不行，天条不能违反！"祝融硬是不松口。连秀牙一咬，心一横，铮铮言道："女儿愿和叶理生同床，死同穴，绝不回祝融峰！""小贱人，既然你大逆不道，休怪为父绝情了！"祝融气得须发戟张，大声喝道："小贱人自作自受，其余八女速回祝融峰，以免殃及池鱼！""不，我们愿同小妹一道受罚！"八姐妹齐声答道。"反了，全反了！"祝融气得嗷嗷大叫。

连秀拉过叶理，道："我们一起唱那首《风吹云动天不动》好吗？""好！"歌声响起来了，连秀和叶理手牵着手，心连着心，脸上洋溢着幸福的喜悦。

蓦地一声巨响，顷刻间乌云密布，大雨倾盆，天地一片混沌。"咔嚓——"一道霹雳凌空劈下，强光耀亮了山川河流，震得大地也抖了几抖。过了一盏茶工夫，风停了，雨住了，天亮了，大自然又恢复了本来面目。山水之间，传来了叶理的母亲呼唤儿子的悲喊声："孩子，你在哪里？回来哟！"

白发苍苍的母亲哪里知道，她的儿子就在眼前，却永远回不来了。他和连秀一起化为了两株虬须相交、盘根错节的连理榕，天长地久地连在一起了。霹雳震散了连秀的八位姐姐。大姐被震到河边，一只脚伸向河水，身子仍留在岸上。她舍不得心爱的小妹啊！化成了一株"过江榕"；二妹被震到一堵墙上，她想扭头看小妹最后一眼，化成了一株"骑墙榕"；其他六位姐姐被震得四处散开，也化成了六株榕树。

十棵古榕分别是：福秀——给人们带来福气，称永福古榕；财秀——给人们带来财气，称生财古榕；运秀——给人们带来运气，称幸运榕，也称凉伞树。因为运秀最喜欢伞，伞能挡风避雨，好运常在；菜秀——合在一起是长寿的象征，称长寿榕；子秀——保佑这里的人们人丁兴旺，求子送子，称旺丁榕；春秀——只要你面对它默默地许愿，就能让你心想事成，称称心榕；红秀——为人牵线搭桥，让有情人终成眷属，称月老榕；连秀、叶理——结成连理，百年好合，永不分离，称连心榕；还有香秀和平秀。分别带给人们幸福与平安。

由于有了这十株枝繁叶茂、郁郁葱葱的榕树，人们便将这地方取名为"榕津"。

（黄金华收集整理）

八桂九井十三塘

榕津村作为我县一个著名景区，传说甚多。其中流传至今的"八桂九井十三塘"的景点故事，与八仙中"铁拐李"有关。

话说，铁拐李想去看看天边到底是什么样的，他带了一袋芝麻，每天吃一粒，相信吃完这一袋芝麻就一定能走到天边了。途中听说祝融九个女儿变成了榕树，他十分伤心，便绕道榕津，看看九位姑娘。走着走着，他突然被青麻刺痛了屁股，他怪叫起来，恨恨地骂道："不死埋你两三次，一年剥你三层皮。"从此，青麻每年都要培土两三次，一年剥三次皮。铁拐李头顶着烈日，身冒大汗，边埋怨天气，边来到一棵桐油树下乘凉。桐油树叶茂密阴凉，清风习习，铁拐李打算美美地睡一觉再

华夏第一榕

走。他躺在树杈上，打起了呼噜。"哎哟！"铁拐李的头被重重地扎了一下，吓了一大跳，睡意全无。起身一看，原来是个从树上落下的桐油果，正好砸着他的脑袋。铁拐李气恼地骂道："剥你骨头榨你肉，三年不死挨虫咬。"从此，桐油树一长到三年肯定生虫。

铁拐李继续往前走，觉得口渴难受，便想找水喝。忽然前面松树林里一阵阵"沙啦啦"的响声，铁拐李以为是流水，高兴地往前走去。哪里是什么水声，原来是风吹松树发出的松涛声。他又气又恼，出口骂道："风吹松树沙沙响，一刀砍你三年不出芽。"

榕津古街闸门

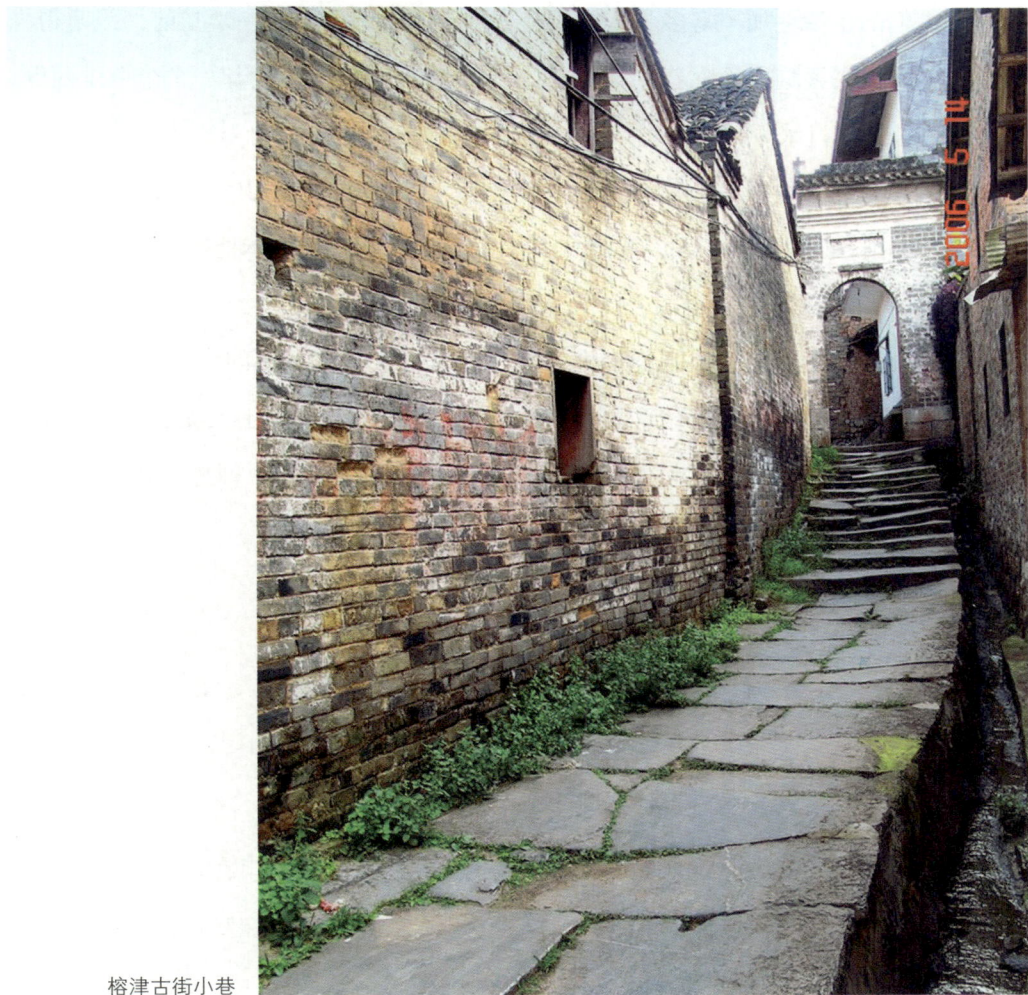

榕津古街小巷

　　铁拐李来到榕河渡口，船夫摇来一艘又新又漂亮的客船。铁拐李上了船，觉得好舒服，便问船夫："这么好的船是用什么木料做成的？"船夫答道："是用松树做的。"铁拐李一惊，忙叫船夫摆渡回头，一口气跑回松树林喊道："松花飞过岭，处处又发芽。"从此，松树被砍后不再发芽，但只要松花飘到的地方，都会长出小松树。

　　铁拐李过了榕河，来到了榕津。只见十榕盘根，枝叶繁茂，苍翠碧绿。整个榕津掩映在一片绿荫之中，显得格外美丽，令人观而止步。铁拐李心中感到欣慰，虽然姑娘们不能做逍遥快活的神仙，却更能施展她们的美丽，并给人间带来美好的愿望，使人们的生活更加丰富多彩。铁拐李告别了姑娘们，来到一学堂前，只听得先生独自一人摇头晃脑地吟唱着："人之初，性本善……"学生们却一个个东歪西倒，疲惫不堪，无精打采。

突然，一阵清香飘进了教室。先生和学生们都精神一振。出门看时，学堂内竟无端地长出了八棵桂花树，郁郁葱葱，清香扑鼻。铁拐李笑眯眯地吟道："八桂飘清香，桂树出贵人。"说完隐身而去。

铁拐李来到街头码头，正遇一渔夫和一农民争执不休，便问何原因。渔夫说："岸上村民常惊我鱼。"农民辩解道："河水不是只为你而流，岸上人无水怎么生存？"铁拐李笑答："挖井而饮，掘塘而渔，井水不犯河水。"二人大悟，即挖九井、十三塘。

从此，榕津便有了十榕、八桂、九井、十三塘。

有诗曰：

> 十榕盘根生，
>
> 八桂争飘香。
>
> 九井清泉流，
>
> 鱼戏十三塘。

却说那农民听了铁拐李的话后，一口气挖下九口井。第一口在长寿树下，传说挖好后的九十九天内，每天天刚蒙蒙亮，就有一位白胡子老翁在喝水，因而得名长寿井。有诗写道：

> 长寿树下长寿井，
>
> 长寿井养长寿人。
>
> 长寿人饮长寿水，
>
> 长寿水润长寿树。

农民挖到第九口井时，再也没有力气了，挖得很浅，遇到下大雨，井只能储藏三天的水，因而得名为三天井。

（黄金华收集整理）

榕津古街

关于榕津名字的来历说法不一。一是榕指榕树，津即渡口，即榕树下的渡口；二是榕精，即榕津的十榕均为神女所化，在榕树下时常能见美女之身，按其含义和谐音，自然是榕津。

榕津街整个建筑成 T 字形，这样的造型来源于一个传说。榕津街的后山极像一个猛虎的头，亦称白虎头。猛虎下山对榕津街极为不利，特别是榕津无法养殖母猪——凡养殖母猪，不是母猪无崽，就是幼崽刚生下就死了。因此，在建造榕津街时便建成了 T 字形，意思是用箭对付白虎，以求日后有平安日子过。但不知何故，这支箭并没有射中白虎的要害，白虎依然威胁榕津，这可苦了榕津人。

一天村里来了个老乞丐，挨家挨户去讨米，而且只要米，不要饭，也不要钱。

榕津古街

他来到一家院子前，只听得院内有咽咽的哭泣声。老乞丐进院一看，原来是一个女人蹲在猪栏旁哭得可怜。老乞丐上前问道："这位大嫂，因何事而哭泣啊？"那女人边哭边说："我儿明天就要进城考举，就等着今天把这五个猪崽卖了钱作盘缠。谁知道今天早上起来一看，猪栏里只剩一摊摊血，猪崽不见了。这可如何是好？"说完又是一阵阵撕心裂肺的哭泣。老乞丐把讨来的米全部给了妇人，并给了一锭银子和一根红线，对妇人说："五月端午午时三刻，你叫村里人拿着这条红线把白虎头下的大塘拦腰隔断，一分为二，并沿着这条线砌起一条塘基。"说完就不见了。

老妇人知道遇上了神仙，千恩万谢。到了端午节午时三刻，妇人和村民按照老乞丐的话，刚用红线拦断大塘，山上顿时虎鸣震天，水下立刻鲜血直冒，直到砌好塘基后，还冒了三天血水。

从此，白虎的两只前脚被压住，再也不能施威作淫。榕津人从此过上了安然的日子，养出的猪又多又肥。

（黄金华收集整理）

夏城的传说

　　榕津河支流的沙冲有一段河流叫秀溪。秀溪由东向西流到张家镇夏城自然村，被一河坝拦腰截住。河水变得平静温柔，清澈见底，形成了一段长约2公里，幽静怡人的峡谷，名叫桃花峡。桃花峡内碧波荡漾，清水涟涟；两岸青山如黛，绿草如茵，桃树成林，风景怡人。秀溪旁有一座清康熙年间修造的"家家相通，户户相连"

美丽的秀溪

的防盗防匪古村落，人称夏城陶氏古村。古村依山傍水，青砖黛瓦，巷长院深，古朴、典雅。全村140户人家，500多人，全为陶姓，系晋朝大诗人陶渊明的后裔。

古城坐落在"山"字形的夏峰山内，清一色的青砖瓦房四合院，都依山势高低而建。在夏峰山断崖上，有些酷似虎、狼、猴、鹰的石头，灵活生动，栩栩如生，说起来还有传奇故事。

据说，清代年间，某个端午节前一天，一位村妇清早来到河边码头洗粽子叶，突然看见对面的龙山上有一条青龙在吃竹叶，她吓得慌慌张张地跑回家。第二天，三村四寨的人约定好在这里赛龙舟，她死活不让丈夫去当赛手。正如她所料：那天，正当赛手划得尽欢时，本来是阳光灿烂的天空，忽然狂风大作，暴雨倾盆。片刻间就把看客惊散，一条率先行进的龙船被巨浪打翻，卷入一个叫"黄獭洞"的水洞中。三天后，人们在距离河两华里远的山背另一小溪潭中，发现了龙船残骸。那赛龙船的铜鼓、大锣也躺在溪旁的田垌中，被风暴卷走的十余人衣衫全无。从此，秀溪端午节便没了鼓锣声。夏城人也因生命的瞬间离去伤心了两个世纪。

再说黄獭洞对面有一座立于江边的小山峦，仿佛一只小白鹅在水中嬉戏。这就是秀溪边上著名的"天鹅山"。天鹅山后有两座威武雄壮的"白崖山"和"红崖山"。"秀女山"以白崖山为椅，坐落在白崖山腰上。她面朝北方，神态慈善，头、身、脚、裙裾、莲花台，都异常逼真。特别是脑后的头髻，还有一个类似"髻针孔"的岩洞穿山而过。在她的脚下，秀溪如一条绿色裙带从两岸群山中飘过。而在秀溪的南岸则是"天马山"。那山犹如一匹腾飞的战马，扬蹄南奔。这里也有一个美丽动人的传说。

据说，秀女是王母娘娘身边的贴身女侍，美丽善良，神通广大。传说齐天大圣在天庭牧马时，跑到蟠桃园偷吃仙桃，一匹天马趁机下了凡尘。此时，正是天下战乱纷纷、民不聊生、生灵涂炭之时。这天马与众不同，奔走如飞，被两名正在激战中的将军发现了。这两位将军一个白面如粉，一个红脸如枣。两人都想得到它，便停战去追。结果白脸将军跑得稍快，眼看就要追上天马。他心中暗想，只要我得到天马，就会如虎添翼，势如破竹。正在这时，空中忽然传来一声天鹅叫声。只见一道祥云飘来，秀女携着天鹅童子立于云端说道："两位将军休要争夺，这是天马。"

秀女峰

白脸将军眼看就要追上，哪肯罢休，死命抓住马尾。不料这马的尾巴一扬，飞过了马头，甩到了数里路之外的南面，便成了夏城南面约2公里处的马尾山。秀女见不能制止，施展法力降落在白面将军的背上，把他压得不能动弹，并从头髻上取下"髻针"朝马的屁股一划。顿时，只见白浪滔天，一条大河横在两位将军的前面。秀女把白脸将军压得脸青眼白，也急得红脸将军眼红脸黑。她镇住了两位将军，天下终得太平。从此，在挺拔峻峭的白崖山上便多了一座美丽的"秀女峰"。

后来，秀女把天马带回天庭，留下天鹅童子在人间，为的是把人间之事及时传至天庭，还派出一个佣人在此喂养它。从此，每天下午四、五时，桃花峡上便会传出天鹅的鸣叫声，在对面马屁股山上的石人便下来喂食（如今，在马屁股上的石人和一个盛水的石盆仍在）。谁知，天鹅童子贪恋人间，起了花心。秀女得知，非常震怒，为了惩罚天鹅童子，便顺手折了一桃枝轻轻地打了天鹅。一不小心，竟打缺了天鹅的喙，使它变成了"鹅身鸡嘴"。据说，那天将近黄昏时，忽闻一声响，天鹅山顶顿时泥飞石走。天晴后，人们发现宽形的天鹅嘴变成了尖尖的鸡嘴。现在的

"天鹅"，就像个"鸽子"。

夏城人自古就有拜"秀女"的习俗。古朝拜台设在"秀女山"西面的一座江边土岭上。这地方是观看"秀女"的最佳视角。拜台为木质结构，工艺精巧，雕龙画凤，气势雄伟。据说，以前当地村民每逢有所祈求时，比如祈求美好姻缘、老少平安、添丁聚财、五谷丰登什么的，都来这里朝拜，十分灵验。数百年来，"瞻拜亭"一直香火不衰，日见旺盛。

天鹅山脚下有一个岩洞叫"渊明洞"。岩洞位于天鹅山胸部，宽阔高深。据说，夏城人先祖文任公漂流至此发现了这个洞，便留宿于此。他想起先祖陶渊明"炎夏憩息其间，清风和穆，自谓羲皇上人"的石室美境，就将此洞取名为"渊明洞"。洞里的大门过去全部采用方块大石砌成，洞中有石灶、石床、舂碓、磨等石具。

桃花峡两岸共有七山八洲，景观各异，山山有奇闻，洲洲有传说。

（陶彩忠、韦强收集整理）

冷水石林

很久很久以前，在源头镇冷水村至玄武村这片荒芜的丘陵地带，生活着许多飞禽走兽。飞禽有孔雀、山鹰、山雉鸦、山雀、野鸭、天鹅、画眉、金鸡等。走兽有恐龙、大象、山鹿、野马、雄狮、山猴、野兔等，它们或成群结队或单独行动，逍遥无比，自由自在地生活着。

突然，不知是谁发出的喊声："我们举办一次赛跑运动会好不好？比比谁跑得快，谁飞得高，谁的歌声最美最动听！"它的建议得到大家异口同声的赞成，于是立即成立了筹备小组，分设赛跑、飞技、唱歌等项目。同时分设轻量级和重量级的比赛。

一时间，前来报名参加赛跑的动物络绎不绝。参加赛跑的有黑猩猩、大象、南

冷水石林

平乐民间故事

蛇、山狮、野鹿、山羊、斑马，甚至海龟。参加飞技大赛的有野鸭、天鹅、雄鸡、山雀、画眉、百灵、孔雀等。组委会作出决定，谁能夺冠，谁就可以称王。同时还能得到丰厚的奖品。

转眼间，在玄武这片原始的土地上，练跑的、练飞的、练嗓子的……大家都投入到了紧张的赛前训练中。

比赛地点选在哪？这也是大家争论不休的议题。当时天上有两个太阳，天气炎热可想而知。有个生活在冷水石林的老猴子说："我建议在冷水石林一带举办。因为那里有天然小湖，湖水冰凉，可供大家赛后洗澡。"经它这么一说，大家纷纷赞同，恨不得马上到冷水湖里浸泡浸泡，体验水里的清凉世界。有只山猴，一心想夺取轻量级赛跑冠军，它冥思苦想怎么才能跑赢山鹿和野马呢？它终于想出了一条妙计：离这儿不远的地方，有个桃园。这桃园的红桃是专给玉皇大帝的贡品，吃上一个仙桃便可以长久不用吃喝，而且大大增加热能量。这样参加马拉松赛跑谁还能赢得过我？在一个月光如水的晚上，它偷偷地摘下一个仙桃吞进肚里……说也奇怪，在第二天练晨跑的时候，猴子身轻如燕，快步如飞。山鹿和野马怎么使劲也追不上猴子。旁观者目瞪口呆，山鹿和野马百思不得其解。他们觉得山猴隐藏着一个秘密，便暗中监视山猴的行踪。

又是一个月光如水的夜晚，猴子又去偷仙桃，被山鹿和野马发现了。它们也仿效山猴，偷吃了玉皇大帝桃园的仙桃。之后黑猩猩、孔雀、山鸡、翠鸟等无数动物，把桃园的仙桃偷吃了个精光。

本来桃园有禁令，偷吃仙桃一个，立判死刑。那些为了在赛场捞取第一的动物们，哪管这些严规禁令。玉皇得知大发雷霆。传令天兵天将，在冷水玄武上空连降七天七夜大雪，将参赛的飞禽走兽全部冻死。

一天清晨，雄鸡刚报晓，孔雀正立开屏，画眉、黄莺、山雀在练唱，几只山羊在练习怎么欢迎远道宾客的礼仪，黑猩猩坐在地上懒得起来，山猴从窝里爬起，玉兔和海龟还搓着双眼，还有许许多多的动物仍沉睡在梦乡。

突然狂风大作，气温骤降，一下便到了零下20多度，铺天盖地的大雪从天而降。

冷水石林

许多动物还没有来得及弄明白是怎么回事，就被冻僵得再也站立不起来，也不会说话了。大雪一连下了七夜七天，冷水玄武这片丘陵地带，一下变成了皑皑的冰雪世界……（据说，当时有位少女在泫空洞里修炼，没有被冻死，便是如今能看到的泫空洞里的观音坐莲。）七天过去了，一切又恢复往常，但所有参赛的动物都被冻死了，被埋在地下的不计其数，未参赛的那几只山羊依然屹立在当年的位置上笑着迎宾。

奇怪的是，当年没有偷吃仙桃的玉兔和海龟冰封七天七夜后，竟然复苏，慢慢地活过来了。观世音对他们说："玉兔、海龟，你们回到自己当年修炼的地方继续修炼吧！"然而玉兔和海龟不愿再走了！因为自己的朋友和伙伴被活活冻死在这里。看着眼前这悲惨的一幕，它们要永远留下来陪伴自己的同伴，向人间讲述这段故事。

那些动物，早已变成顽石，以各自不同的形象，一尊尊地存留下来，作为当年那场浩劫的见证。

（黄金华收集整理）

平乐民间故事

冷水石林龟兔赛跑

　　源头冷水石林，奇石千姿百态，景致迷人。其中一条狭长的山脊上，有两块怪石，相距约五十米。东边一块像向西吃力爬行的乌龟，西边一块像向西奔跑又回头观望的白兔，形成龟兔赛跑的神话奇景。

　　传说这乌龟是阳安诞山庙潭的神龟。它不满龟王横行霸道、危害乡里的劣行，逃离庙潭，来此与大伙和平共处。这白兔却是月宫的玉兔下凡。它难耐捣药的艰辛、广寒宫的寂寞，瞒着嫦娥，告别吴刚，来到这清泉碧潭、怪石嶙峋、鸟语花香、蜂飞蝶舞的人间仙境，流连忘返，与各种飞禽走兽和谐相处。

　　一天，玉兔在听人重述龟兔赛跑的寓言。那兔族前辈因骄傲在赛场酣睡被乌龟取胜留下的千古笑柄，使玉兔心里极不好受。五羊提议于八月十五日下午三时进行龟兔再次赛跑，正中玉兔下怀。

"龟兔赛跑"中的"兔子"

谁知当日下午三时，玉兔还没来到，连裁判黑猩猩也不见踪影。孔雀飞遍周围查巡也没发现它们。

"玉兔又穿前辈的裤子，赛前睡大觉啰！"

"不是，玉兔准是喝了吴刚送的桂花酒醉倒了！"

……

大家七嘴八舌，最后判定乌龟不赛得胜。乌龟倒不情愿，它要求比赛照样进行，说不定中途玉兔回赛场还能取胜。大家认为乌龟讲的有道理。

青蛙一声哨响，乌龟使劲往前爬。一分，两分，三分……十五分钟过去，玉兔仍不回来。开赛后十六分钟，玉兔及黑猩猩回到赛场，玉兔参赛。一跳，二跳，三跳……十多跳就超过了乌龟。

"看，乌龟的脚扭伤了！"青蛙大叫。

玉兔回头望，乌龟果然仅用三只脚爬行。

"乌龟，我用从月宫带回的神药给你治伤！"玉兔正要往回走。

"玉兔别管我，快冲过终点，要是你又输了，就挽不回你先辈失败的名誉！"乌龟大声提醒，玉兔最后冲过终点得胜。

"咩、咩、咩！"五羊放声大笑，"乌龟的脚伤是假装出来的，其中的奥妙我们知道，它有意让玉兔得胜来挽回前辈的面子。"

"乌龟真棒！"大家乐得鼓掌，又给乌龟颁发一项风格奖。

"诸位，玉兔赛前迟到是铜铃打鼓——另有音（因）。"黑猩猩拉开话匣子说开了。赛前这里的狮子（冷水南边有狮子岭）和老虎（车田东边有老虎山）因争夺石林为领地进行生死搏斗，两败俱伤。黑猩猩来劝架也被抓得头破血流。玉兔来了，凭它那三寸不烂之舌说服狮虎化干戈为玉帛，握手言和，共同签约守护石林。玉兔又用从月宫带来的神药为双方治好了伤，这样就耽误了参赛时间……

大家决定当夜举行晚会，为乌龟玉兔的崇高思想境界纵情高歌。

是夜中秋，皓月当空。玉兔捧出吴刚送的桂花酒供大伙赏月联欢。观音念佛，蟋蟀弹琴，禽兽欢舞，孔雀乐得开了屏……

（李喜德收集整理）

狮子山的传说

很久以前，一位叫兰妞的女孩，与父母一家三口，住在桂江河畔的巴江冲口。

他们的家，竹篱笆为墙、茅草为顶。父母在山上种茶树、桐油树、杉树、枞树，在家附近种红薯、木薯、淮山、芋头、玉米、地谷。房屋周围翠竹成林。兰妞的爷爷会打猎，爸爸会捕鱼。有一次爸爸捕到一条小红鲤鱼。兰妞弯腰探脑去看装鱼的篓子，伸手正想去捧起小红鲤鱼的时候，它睁大眼睛，跳到了兰妞怀里。兰妞感觉到它对自己的亲近，非常喜欢它。于是把它放入盛了水的小木盆。红鲤鱼一入水，欢快地摆着尾巴，并蹦起来亲了一下兰妞的脸颊。兰妞伸手进水里抚它的头，它就用尾巴拍水溅到兰妞脸上，把兰妞逗得咯咯直笑。兰妞原本就是一个灵巧心细的孩子，有了这样一条鱼儿相伴，从此每日里寂静的山谷间回响着她铃铛般响亮的笑声。兰妞家在这江边冲口的滩头，单家独户的，兰妞平日里并无玩伴。兰妞爸妈瞧见自己的孩子那么开心，他们也欣慰无比。

有一日，兰妞用受伤的手指拿饭粒喂这条鲤鱼吃，它跳到兰妞手上吮食，吮过之后，兰妞的手指上的伤便神奇地痊愈了。原来，这条鲤鱼，它是一条有法力的鲤鱼，它是海龙王最小的儿子，叫海娃。海龙王的儿子们常常用魔法把自己变成小鱼结伴出玩。海娃心地善良，自小听奶奶讲关于人类的故事，对人类的世界充满了向往，想去人间看看。一次他们一起出行游玩时，海娃看景专注着迷，被人间风景吸引忘记跟上哥哥们，与他们走散了。它溯流上行，一边游一边看，不觉间，已过梧州、昭平，来到了桂江的巴江口地段。它看这里山绿水清，鸟鸣山涧，烟霞相映，空气清香，一走神，便落入了兰妞爸爸捕鱼的竹篓中。

大发巴江风光

自吮过兰妞受伤的手指吸过人类血液之后，海娃渐渐长成半人形的鱼。他开始学着兰妞说话了。他叫出兰妞的名字时，让兰妞惊讶得睁大眼睛，愣住了，然后欢喜得不得了。他告诉兰妞，自己的名字叫海娃。兰妞开心地叫："海娃！哈哈！海娃！"兰妞让爸爸帮她做了一个斜挎的篓子，背上海娃，一起去给上山做工的父母送茶水、午饭，一起去卖桐果、茶果，一起去江边等捕鱼归来的爸爸。兰妞与海娃说很多很多的话，在一起无比开心。两人说话间停下对视时，海娃会对兰妞说："兰妞，我喜欢你！"

一日，兰妞用木盆端着海娃在江边玩，海龙王的虾兵蟹将寻他至此，涨起江水，把木盆卷入水中，兰妞急追入水里去拖木盆，没拖住。兰妞的爸爸在岸上看见，飞奔下来，把兰妞抱回岸上。兰妞眼睁睁看着木盆很快没入水中消失不见了，便伤心大哭起来。

海娃被押回到龙王殿里，龙王责罚他贪玩，把他关进一间屋里，不许他出来。

桂江边上的石刻

奶奶前去探望他。他向奶奶讲了在人间遇到兰妞的事，描绘了那段开心的时光，诉说自己的思念，表示想去人间与兰妞在一起。奶奶说："如果喜欢一个人，那就大胆地去追求吧。"奶奶支持海娃去与兰妞相聚。吸入过人类的血液，海娃身体的功力也变得比以前强大多了，在哥哥们的合力帮助下，他冲破了那道关闭他的门，并越过龙宫里的重重关卡，离开了海底宫殿，再次逆流而上，经梧州、昭平，游至了桂江巴江冲口。

此番上行，一路所经江水却与往日不同，江面宽阔浑浊，奔涌翻滚。风雨交加中，两岸河滩树木淹没在水中，四面一片茫茫。原来，与广运相接壤的平口水库正遇上连日不断的暴雨，湖水四溢，形成如猛兽般的山洪。所到之处，房屋倒塌，人畜卷入洪流瞬间不见踪影。海娃游至兰妞家所在的地方时，山洪正奔流至此，眼见洪流冲掉兰妞家茅屋顶的最后一角，并紧追抱着、拉扯着逃命的兰妞一家三口。海娃用他的法力，如刀切一般，将山洪隔断在三人的身体之外。父母趁机抱着兰妞迅速往山上更高处奔跑，幸免于难。

看着四面奔涌势不可挡的洪水，海娃纵身跃上空中，查看水势之来向。看到偌大的一个湖，担忧洪流将来再次危及兰妞一家让他们不得安生，情急之中，他沿湖边一卧，横躺成一条高高的山脉，截断流向巴江方向的湖水。他背向湖面，脸朝兰妞一家所在的巴江方向，臂弯揽向兰妞家所在的地方，如雄狮护犊一般。后来，兰妞一家重新在巴江冲安了家，不再受湖水泄洪的侵害。

这横亘其上，护着兰妞一家，接壤阳安、青龙、桥亭三乡的山脉，正是如今的狮子山。

（陆志华收集整理）

圣山传说

　　阳安乡境内主峰海拔834米的圣山，古称"诞山"。圣山位于石面山村南，相传古时有谭氏二仙女在此得道，故民间又称其为"圣山"。

　　圣山山势雄浑险峻。山下有"圣湖"，即平口水库，系桂林市第二大水库。山里古树苍苍，藤蔓缠绕，怪石嶙峋，泉水甘甜，四时云雾笼罩。自古以来，山上有"仙岩灵雨"之传说，成为平乐南部一座圣洁的仙山，被誉为古代"平乐八景"之一。

一、宾公石的传说

　　圣山上的"宾公石"呈圆形，直径约2米大小，如一偌大棋盘，棋盘两旁有条形石凳。

美丽的圣山

　　传说平乐历史上著名的堪舆家宾公，曾放牧于圣山，见二位白衣女子在棋盘上对弈，便在一旁看得入迷。饿了，便用嘴舔一下白衣女子吃剩下的桃核。一盘棋下完，不觉已三个昼夜。白衣女子对宾公说："你该回去了。你父亲早已去世，你母亲也仙逝，已到除服了。"宾公说："不可能，我来时父母尚健在。"仙人说："你已经在此三天三夜，岂不知'仙界一日，凡间一载'吗？走吧，回去吧！"临行，白衣女子在宾公额头上轻轻一点，并将一卷书送与宾公。回到村中，果然父母均已仙逝，物是人非。后来，他将仙人送的书反复研读，成了远近闻名的堪舆家。这就是当地人流传的"宾公圣山遇仙"故事。这块石头，人们称为"宾公石"。

二、二仙姑的传说

　　关于二仙姑的传说众说纷纭。一种说法是二仙姓谭，其母姓陶，生于古时平乐南部乐山里"陶李峒"一带大户人家。嫁与谭姓男子为妻，生下双胞胎姐妹后不久辞世。之后父亲续弦，娶一刁蛮恶妇，时常虐待二姐妹。二女不甘心受虐，时常跑到村后圣山摘野果果腹。后在圣山偶遇仙人点化成仙。此后常飘游于当地，解危济困，降甘施露，为当地乡民所崇祀。

　　传说姐妹两人自从出生后不吃母乳，只喝桃汁。长大后，也是粗茶淡饭，一日三餐不吃荤。出门一朵乌云头上遮，日晒不到，雨淋不着，遇到困难会变身。

　　农忙的一天，后娘对俩姐妹说："你们已经长大，可以帮娘做些事了，去把田插完才回吧！"二人头顶一朵乌云来到田间，看到各自一块大大的田，哪里插得完？于是抬头向天呼叫乌鸦："乌鸦乌鸦快来帮我把田插。"一会，500多只乌鸦齐齐飞来帮插田。不一会田就插完了。姐妹回家告诉后娘，田已插好。后娘想：别人一天才插好，两姐妹来回一小时完成，哪里肯信。她跑到田里一看，田果然插好了。

　　姐妹二人经过荣家村坳，看到一老人正在插田，俩姐妹有心要帮助老人，来到田间说："你插一天，我插一时。"老人说："真的吗？""真的。"两姐妹说罢仰脸向天大叫。瞬间，天上几百只乌鸦又与她们一起插田，一会儿功夫田就全插完了。

圣山脚下的平口水库

　　看着两姐妹往圣山远去的背影，老人如梦初醒，道：圣山上有"神仙。"

　　另一种说法是二仙分别姓陶、李，是血表关系。其母都是平乐南部乐山里"陶李垌"一带大户人家。嫁到门当户对大户人家，夫妻恩爱，生下女儿后不久去世。两个女孩从小失去母爱，后来她们的父亲都先后娶了后娘，后娘刻薄刁蛮，经常虐待前妻所生女儿。在她们很小时，不管刮风下雨，严寒酷暑，后娘总是将她们赶到田间割草，山上放牛。回到家中仍受到后娘打骂。两位女孩总是在山上不期而遇。同样的身世，同样的经历，表姐妹两人经常在一起，相互帮助干活。两人经常怀念起慈爱的生母，感叹身世的凄苦。

　　在沉重的农活之余，姐妹俩常常幻想有朝一日，能携手圣山的林间溪边，远离人间所有痛苦与烦恼，自在地生活在桃源仙境似的圣山上，过着闲云野鹤般的神仙生活。一日表姐妹在圣山割草放牧，遇一白胡老翁，点化她们羽化成仙。从此常常游于当地林间山岭，遇旱则施雨，逢苦必济困，成为平乐南部乡民十分崇敬的祈福之神。

不同的传说，除了姓不同，故事内容却是大至相似。二仙是美丽善良、同情弱者、扶危济困的化身。在平乐南部"陶李峒"一带，流传着这样一首史诗：

滚绣球，滚绣球，绣球理内说原由

男人设得男身好，女人设得女风流

东岭诞山淑感应，南岭诞山感应他

凡人未知娘住处，苑花大洞住和村

桂林打下平乐府，平乐打下鲊塘村

凡人未知娘名姓，我是陶家人外甥

原步桥头先庆女，随娘上舍布田村

太祖滩头娘洗澡，玉龙吐水上娘身

不觉我母身怀孕，怀胎六甲上娘身

我母吃着灵丹药，降下小妹一双仙

落地三朝不吃乳，承认长大不吃荤

渐渐年登得七岁，又有金童扶妹身

不唱前王并后汉，且唱小妹一双仙

头上梳起合龙髻，绫罗缎子绣罗衣

能水未曾上着樽，行路未存脚踏泥

雨大淋娘身不湿，一朵青云遮妹身

娘便道高龙虎扶，女人得道鬼神惊

吏用山地便土地，山神土地走纷纷

家有丘田本是大，三十六土作一坵

四月一朝娘大插，手拿秧儿倒定插

一千秧子与妹插，仰面上天叫乌鸦

五百乌鸦与妹插，山猪马鹿来塞坡

左手分秧右手插，妹有邪心人不知

后人插田插一日，小妹插田插一时

上屋惊姑心不忠，回家说与我娘知

小妹回到三门外，听见爷娘修竹枝

踏上娘屋皆打骂，不插大田你走回

小妹便答爷娘道，插了大田回洗衣

不信娘去田头看，行行路路不差稷

爷娘不信妹言语，从头打下脚板皮

我爷打我芒筒楷，我娘打我十二枝

左思右想难忍耐，如何修道得成仙

入房梳起合龙髻，包大门前烧干灰

走出门前拜一拜，回头参拜我家先

踏上云端娘起去，却被嫂嫂扯妹衣

小妹答言兄嫂道，我归檀府做仙姑

罗裙挂在篱表上，变作乌鸦满洞飞

就在后门宿一夜，人也不觉鬼不知

渐渐去到黄桑圳，看见舅公乾耙田

小妹答言舅公道，何不取水慢耙田

舅公骂妹丫头婢，莫来操坏我心机

借问舅公紫冷饭，一朵青云扶上山

踏上圣山拜一拜，乌云飞过黑云去

踏上圣山拜二拜，五雷报动在云端

踏上圣山拜三拜，四方雨水湿淋淋

辰时落到巳时止，让河水长闹沉沉

舅公当时插头看，看见凉伞转飞飞

舅公心中偷思想，我俩外甥定成仙

端平年间娘得道，力赐金牌显祖稀

太祖力封淑感应，小妹力封感应仙

钟楼岭头立大庙，白玉莲花万朵解

钟鼓岭头发正鼓，牛头田里插红旗

记得小妹初发心，屋背岭头开得田

记得小妹初发心，榕津大路好扒船

发圣灵宫诞山庙，庙庭力赐有名声

庙老头首来敬我，只愿丰登大熟年

庙老头首的命礼，拜上东南二岭仙

朝度请廻筵上坐，妹领清筵不领荤

　　这首史诗不但记载了二仙苦难的身世及神人的本领，还赋予了人们对圣山二仙无穷的想像。

圣山脚下的圣湖度假庄园

（陶彩忠、李芳收集整理）

青龙月亮山

青龙月亮山位于青龙乡南面，距离青龙街约一公里。月亮山山顶上有三个小山峰，远远望去像座大笔架，又叫笔架山。半山腰是个穿岩，穿岩顶成弧形，像一艘倒置的船儿，更像个未满半圆的新月，因此而得名月亮山。

月亮山下一条小溪从东边潺潺地流过来，绕过月亮山向西北方向流去。小溪就像一条舞动的玉带，半缠着月亮山随风飘动，给月亮山增添了动感与魅力。提起月亮山的形成，有个神奇而动听的传说。

古昭州东南面有座大山叫盐冲山。盐冲山高大险峻，古树参天，山顶常年云腾雾绕。山脚下是大怀湖。湖水平静，是德定瀑布之水与盐冲山泉水汇聚而成。大怀湖集深山之灵气，汲日月之精华。湖中有条修炼千年的黄龙。黄龙与当地百姓和睦相处，常常为当地人做好事。遇上天气干旱了，黄龙就呼风唤雨，为当地人降雨浇苗；当久雨地涝了，黄龙就为人们遮风挡雨。人们对黄龙非常感激，逢年过节给他送上一些好吃的。久而久之，黄龙和人们之间建立了深厚的感情。

与盐冲山相连以西的一座高山叫石狗山。石狗山上寒风凛冽、怪石嶙峋。山下是石狗湖，湖水沉浮不定，时清时浑，湖里有条作恶多端的乌龙。

有一年农历二月初二，石狗湖上空乌云密布，雷电交加。乌龙卷起暴风骤雨，以排山倒海之势从石狗湖里腾空而出，越过大怀湖，驶向平西大峒（地名）及附近的村庄，糟蹋禾苗、残害百姓。乌龙所到之处，房屋倒塌，牲口伤亡无数，人们纷纷逃避。

黄龙闻讯赶来阻止乌龙的伤害行为。无恶不作的乌龙岂能罢休，与黄龙搏斗。

青龙月亮山

乌龙张牙舞爪向黄龙进攻，黄龙不与它硬碰硬，避开了这一猛烈攻击。黄龙以闪电般的速度升向乌龙上空，居高临下攻击乌龙。乌龙很狡猾，把身子向左闪摆，躲过了黄龙的强势。乌龙伸出爪子想来个釜底抽薪，锋利的爪子直向黄龙肚脐眼抓去。这一招真够狠的，一旦肚脐眼被抓，只要用力，内脏就会全部被掏出来。黄龙怎能让它得逞，来个乾坤大挪移，巧妙地避开这一毒招。

从地上打到半空，半空中又是几十个回合。眼看乌龙巨大的尾巴横扫过来了，说时迟那时快，黄龙伸出前爪抓住它的尾巴用力一摔，乌龙被狠狠地甩到一边。黄龙毕竟是千年修炼，功底深厚，乌龙敌不过它。

三十六计，走为上计。乌龙嘴里喷吐出浓浓的乌黑烟雾挡住黄龙的视线，趁机向西北方向逃窜。黄龙紧紧追踪。乌龙顾不上太多，只管逃。谁知前面的峡口被笔架山横截了，拦住了去路。更让乌龙胆战心惊的是笔架山顶上，哪吒三太子威风凛凛地守候着。只见哪吒脚踩风火轮，手持火尖枪，腰系混天绫，肩挎乾坤圈，以雷霆万钧之势迎接乌龙的到来。

原来，哪吒当年大闹东海龙宫，东海龙王敖广的私生子乌滋，不远万里跑到石狗山脚的石狗湖自立为王，在此为非作歹，经常糟蹋周边的村庄，残害百姓。托塔天王李靖得知乌龙又出来兴风作浪、殃及无辜，特派遣三太子哪吒下来捉拿乌龙。

前有强敌，后有追兵，两边又是重重高山，乌龙来不及想太多，把全身力气运足在龙角上，使劲向笔架山腰撞去。只听轰隆隆巨响，地动山摇，那声音如巨雷，如地震，如火山爆发，如天崩地裂……只见碎石满天飞扬，笔架山半山腰上活活被撞穿了个硕大的弧形洞口。

乌龙借着碎石飞扬，趁着尘土弥漫，以闪电般的速度穿过岩洞，想绕开哪吒逃跑。谁知哪吒眼疾手快，捏起混天绫一拽，嘴里念声"着！"混天绫瞬间把乌龙捆得严严实实。乌龙动弹不得，掉在地上。哪吒跳下去，骑在乌龙脖子上，左手摁住龙头，右手抡起乾坤圈向乌龙脑门砸去。

正在这时，南天上出现一轮祥云，一个熟悉的声音叫住了哪吒："哪吒且慢，此乃东海龙王敖广之子，你把他押回天庭，听候玉帝发落。记你除害有功，以减轻你当年大闹东海犯下的罪孽，切记切记。"观音菩萨坐着莲花，驾着祥云，手持净瓶在天上指点哪吒。哪吒双手合抱，右脚后置，左脚半跪说："谢谢菩萨指点。"

观音驾祥云而去，哪吒押着乌龙去了天庭，黄龙也回到大怀湖继续修炼。却留下这形状奇特，雄伟壮丽，令后人叹为观止的月亮山。

（莫培银收集整理）

出米岩的故事

出米岩，位于青龙乡西北方，距离青龙街四五公里。这里有一个当地人茶余饭后津津乐道的故事。

宋朝咸淳年间，一个叫普灯的和尚，一路访仙寻佛。每日逢山开路，遇水渡河，不知访了多少名山，不知趟过多少长河，来到青龙，但见清泉潺潺、山高树苍。站在山脚往上望，只见半山腰有个岩洞，洞口像巨大的狮子张开的嘴巴。洞外群山环抱，竹木滴翠，叶绿荫浓。侧耳倾听，啼鸟鸣脆、蝉噪虫吟。拱身俯视，藓苔撒地、

出米岩洞口

红花绿草，实乃胜境也！普灯攀上洞口，四周眺望。曜，群峰叠嶂，竹木参差，山风飒飒，顿觉心旷神怡。外洞半遮半隐、绿荫掩衬，地面平整干爽，两旁有石凳、石桌。内洞时暗时明、冬暖夏凉。有现成的石椅、石床。洞顶似穹隆，大大小小的石钟乳镶嵌其中。这些石钟乳千姿百态，或似长安城里的大灯笼，或似大雄宝殿中的双龙戏珠，或似森林里的孔雀开屏，或似孙大圣手中的金箍棒，更似太上老君的八卦炉……无论你想象成什么，它们都形态逼真，栩栩如生。

这里不仅山灵水秀，更为称奇的是：洞里有天然的出米井、出油井、出盐井。洞口左侧20米处还有一口出水井。水井一年四季不干涸；而米井、油井、盐井出来的米、油、盐则刚好够当天来的客人煮粥吃饱，不多也不少。这真是座天然的寺庙啊！是僧人诵经念佛最为理想的地方也！于是，普灯和尚决定留下来不走了。

普灯和尚放下行装，收拾打扫岩洞内外，摆好佛像，布置香案，每日里诵经念佛。自此，晨钟暮鼓，禅歌木鱼，从这里传到了洞外。邻近的乡亲们得知这一消息后，纷纷前来烧香许愿，有求财的，有求偶的，有祈福的，还有消灾的……一时间，蜿蜒崎岖的小路上，善男信女来来往往，络绎不绝，真乃香火旺盛也。乡亲们自觉佛德灵验，还自发地捐款捐物，出钱出力，为寺洞平整山路，整理外洞，建筑庙门。

普灯和尚十分感激，每每合掌作揖，逢人便念念有词："阿弥陀佛，善哉！善哉！"普灯还在庙门两旁书写一楹联："远看狮子口，近窥出米岩"。横额为"出米岩"三个大字。此后，出米岩的名声越传越远。

这平静的日子不知过了多少年。忽有一日，来了两个小和尚，一个又高又瘦，一个又矮又黑，衣衫褴褛，看样子是因为饥饿而来的，他们却说要拜师当徒弟。普灯听了两个小和尚的话，上下打量了他们，觉得可怜。释典云：救人一命，胜造七级浮屠。又一细想：以后我也有徒弟了。于是，就爽快地答应下来。

开始三两年，两个小和尚很规矩，也很用功，每日跟着老和尚诵经念佛，抄写经书，打扫门庭，烧饭做茶，接待客人。有时下山化缘，有时上山拾柴，样样事儿听从师傅指教。普灯和尚很满意，也没啥说的，日子过得很悠闲。

又过了几年，老和尚真的老了，耳朵背了，眼睛也花了，很多事儿不管用了。两个小和尚也渐渐长大了。俗话说，人大心也大。他们慢慢地打起出米岩的主意来

青龙风光

了。他们想：为什么出米岩每天出的米刚好够我们吃？若是多出米，大把大把的米拿去换金子、银子，我们不是发财了吗？有一天，两个小和尚商议起来。高个子和尚说："我们得想个办法，让出米井冒出很多很多的白米来。"矮个子和尚接着说："出米井的口子太小了，怎么能多出米呢？"高个子和尚接着说："那好办，我们把出米井的口子凿宽一点儿，那米不是多出了吗？""只怕是师傅不答应！"矮个子和尚为难地说。"我们不能让他知道，悄悄地去凿呀！"高个子和尚小声地说。"那好，我们把那口子凿宽，让它冒出很多很多的米来。"矮个子和尚也同意。于是两和尚找来了锤子、凿子，趁老和尚睡着的时候，偷偷地将出米井的口子凿宽了。

第二天清晨，两个小和尚手捧钵子，满怀发财的心情去盛米。他们坐在出米井旁边，等呀等呀，等了很久很久，出米井不但没冒出很多很多的白米，反而一粒米也没有冒出来。两个小和尚你看看我，我看看你，都愣住了。他们知道，出米岩再也不会出米了。两和尚放下钵子，什么也顾不上拿，匆匆地溜走了。

老和尚爬起来，叫了两声小徒弟，没听见答话，穿上衣服往外走去，看见出米井的口子被凿宽了，就明白了小和尚的居心，什么也没说，收拾行装也下山了。

和尚们都走了，但留下了破败的出米岩，也留下了许多关于出米岩的传说。

（莫际吉收集整理）

平乐民间故事

桥亭狮子山

桥亭乡玄坛村有一座狮子山，它就像一头昂首卧地的雄狮，有头有尾，有鼻子有眼睛，栩栩如生。还有狮子球，形象也很逼真。

狮子山上有座狮子岩。狮子岩就如同狮肚里的宫殿，有千姿百态的钟乳石。有的像走兽，有的像飞禽，有的叫飞云石，有的叫紫霄岩。那站着的叫孔夫子读书，那坐着的叫观音娘娘坐莲，神态自若，形象生动。说起狮子山的来历，有人说是天上飞来的，有人说是海底钻出来的，有人说是仙人赶来的，也有人说是从桂林逃来的——其实，这还得从传说中的秦始皇说起。

桥亭乡玄坛村狮子山

　　秦始皇统一六国后，一方面想填平南海，扩大疆域；一方面全国征集民工，修筑万里长城。黎山老母看见那些民工累得叫苦不迭，便抛下红丝线到民工挑土的扁担上，民工肩上顿时觉得轻飘飘的。秦始皇知道后觉得十分好奇，既然一根丝线有这般神通，那么一把丝线就能移山填海了。于是，他命人把红丝线收集起来，拧成一股绳，称为赶山鞭。他扬手一挥，山崩地裂；他用力一劈，就把骊山劈成了两片。他又挥起赶山鞭，把一些大小山头赶去南海，吓得南海龙王立即禀报玉皇大帝。玉皇大帝命龙王三公主去凡间处理此事。三公主虽然法力无边，但她想力取不如智取。她来到桂林摇身一变，变成了村姑，摆摊设点，卖茶卖酒。秦始皇把群山赶到桂林，累得口干舌燥，正想去喝茶。突然看见一个如花似玉、美如天仙的村姑。望着她的披肩长发，瓜子脸型，迷人大眼，樱桃小口，秦始皇突然欲火中烧。三公主也眉来眼去，频送秋波，春风满面，请他喝酒。秦始皇神魂飘荡，放下赶山鞭，双手抱住柳眉杏眼的村姑；三公主双手一推，回眸一笑，一手偷了赶山鞭，飘然而去。

　　正在秦始皇喝得酩酊大醉时，一座小巧玲珑的狮子山不甘心葬身南海，偷偷地跑了。秦始皇没有了赶山鞭，再也不能赶山了。那些牛山、马山、羊山、虎山、骆驼山、月亮山、象鼻山就在桂林落地生根，安家落户。唯有狮子山跑到了平乐县桥亭乡，一头撞进了财神爷赵公元帅的道坛。赵公爷的坐骑是一只神虎，狮子山就知道过不去了，于是就留在了玄坛，成了玄坛村的护村神山。

（张天德收集整理）

地方传说

罗汉街与十八酿

　　传说平乐古时候的地理环境非常恶劣：一是瘴毒，二是蛊毒。每年的春秋两季，就会出现瘴疠。吸入瘴疠，轻者生病，重者丧命。而夏冬两季，就会出现蛊虫。蛊虫潜伏在黄茅草丛中，上山干活的村民只要被蛊虫咬到，非死即疯，无药可医。因此，当官的都不愿意来平乐（古称昭州），只有被贬的官员才被流放到这里。

　　北宋时期，有个叫梅挚的官员被贬到平乐做知府。梅知府想了很多办法，还是

平乐罗汉街一角

解决不了瘴毒和蛊毒的问题。无奈之中信佛的梅知府每日焚香祈祷，求菩萨为平乐收瘴去蛊。如来佛祖念其心诚，也可怜百姓疾苦，就派了座下的十八罗汉来解决此事。

十八罗汉化成十八个和尚，在一民舍中借宿。任凭十八罗汉神通广大，要解决掉毒瘴和毒蛊也不是一朝一夕的事。于是，他们阴天收瘴，晴天除蛊，雨天就琢磨吃的。他们想吃肉，但又怕被人知道坏了名声，就想了一个办法，把肉剁碎，加上配料，塞到各种各样的素菜里面。有的塞到竹笋里，有的塞到豆腐里，有的塞到瓜花里……十八个罗汉就做了不同的十八道菜。这些菜，肉吸收了素菜的清淡就少了分油腻，素菜吸收了肉的油脂就多了分嫩滑，光闻闻就让人垂涎三尺。刚端上桌大家都迫不及待地大声嚷嚷："让我先尝""让我……"屋主听到后以为他们吵架，赶快走了过来，问其原因。高罗汉忙道："没什么，我们做了几个素菜，来尝尝！"屋主尝了一口，惊道："天啊！这是什么蔬菜？那么好吃！"连忙向罗汉们讨教做菜的方法。

十八罗汉收完瘴疠和蛊虫后，就要返回西天向如来佛祖复命了。临走前，每个罗汉都向来送行的屋主行了个单手礼。每行一礼，屋主的脑中就多了一道做菜的方法。十八罗汉离开后，屋主才晓得遇到的是神佛。于是，十八罗汉住过的那条街就改名为罗汉街。那十八道菜因为是被罗汉的叫嚷声吸引过去才知道的，因此取名"十八嚷"，也就是现在的"十八酿"。

（张天德收集整理）

桂江全鱼宴

在桂江船家饮食文化中，特别是十全十美的全鱼宴，是船民带给世人丰厚的非物质文化瑰宝。

桂江上的全鱼宴，以鱼的各个部位为材料，煎、炒、焖、焗、汤羹、油炸、凉拌，运用不同的烹饪手法，将鱼食材发挥到极致。来平乐吃过桂江全鱼宴的客人都会赞不绝口。说起桂江的全鱼宴，其中还有一段鲜为人知的故事。

在很久以前，一个以黄姓为主的群落分支，迁移到了平乐桂江扎根，成了在桂江水上谋生的最大族群。在黄姓船民中，有一对夫妻年近半百，为人忠厚老实，安

船民腊鱼

守本分，终日生活在自家小船上，以打捞为生。男的排行第八，船家人便称呼他为老八。老八上几辈都是在水上生活且都是一脉单传，到了老八这一辈，夫妻两人也情投意合，恩爱有加，但眼看年近半百却膝下无子。不孝有三，无后为大。老八心里的忐忑不是一般人能揣摩得透的。为求得一子，老八夫妻两人处处行善积德，但凡哪位船家有点事情，老八都主动前去帮忙。妻子陆氏更是每日烧香祈福，只盼天降贵子，以传承老八家的香火。这样又过了几年，老八夫妻俩已是五十岁的人了，看上去更像六十多岁的人一样苍老。生育无望，只求安度余生。

一天大清早，陆氏在船头上香时，发现江面上飘着一个小木盆，盆里躺着一名男婴。陆氏赶紧叫老八把男婴打捞上来，男婴才一个多月大小，身上有一纸条是男婴亲生父母写的，大概意思是，希望有好心人收养此婴以示感谢。老八夫妻俩欣喜若狂，给孩子取名黄天赐。老八夫妻俩对黄天赐如亲生儿一样疼爱有加，捧在掌心怕掉，含在口中怕化，逢人就唠叨天赐灵儿。

平时船上人都是自给自足，很少上岸，即使上岸也是拿鱼换些盐和米，很少有钱买其他的菜。但有了天赐后，夫妻俩总觉得鱼只是寻常之物不够珍贵，于是他们咬牙把每日里挣的钱，都拿到岸上买精细的猪牛肉、鸡鸭肉给天赐吃。时间过得很快，转眼黄天赐已长到了四岁。但夫妻俩越宝贝，天赐就越娇气，只见他面黄肌瘦，弱不禁风，哭闹不停，厌食不已。

老八到处寻医不得治，陆氏则更加虔诚地求神拜佛，希望黄天赐能健康地成长，但这都无济于事。黄天赐一天天地瘦弱，陆氏则整日抱着天赐以泪洗面，黄老八又变得沉默起来了，每天都无精打采的样子。很多人认为这个孩子难以养活了，都为之感叹。也许是黄老八一家行善积德，就在天赐还剩微弱的一口气时，黄老八在桂江边遇到了一个要过江的老道士。当时天已转黑，黄老八就开船送他过江，并做了点小饭菜，在岸边的小茅屋留宿这位老道士。这位老道士得道高深又深懂医术，他得知黄老八的儿子病情后，见老八夫妇老实憨厚，又乐于助人，就主动要求给黄天赐诊断。老道士拿过脉后，又问了黄天赐平常饮食，然后说是天赐平时吃得太精细了。老道说："其实桂江鱼就是包治百病的百宝药，不信你们捞条鱼上来，我做几道菜给他治疗治疗。"

黄老八将信未信，但也迅速地捞上来一条七八斤重的桂江鱼给老道。只见老道刮鳞、取皮、取骨、切片等与平常无异，只不过老道把这些都保留了下来，什么都没有扔掉。接着老道环视了灶台边还有些许辣椒、酸菜、蒜头之类的小食材，就用了起来。只见他：鱼头切块佐以辣椒、酸菜、蒜头入锅蒸；鱼骨入水做汤；鱼腩放葱花清蒸；鱼肚部位切薄片来烫；鱼背的肉分成两份，一份油炸，一份煎焦与平乐水盐菜同

全鱼宴

焖；鱼鳞油炸；鱼尾黄焖；鱼皮加醋做成凉拌菜；还有多余的鱼肉就剁碎做成鱼丸。

接着，老道将这十道菜端上桌，一阵阵香味扑鼻。说来也怪，小天赐竟然慢慢醒了，来到桌边，一看到桌上琳琅满目的菜肴，就直叫："我饿了，我想吃！"这道菜尝几口，那道菜尝几口，再喝几口汤。这一餐饭，小天赐吃得前所未有的满足，也直让老八夫妇俩惊讶不已。

老道说："这是一鱼十吃，也叫'十全十美全鱼宴'，往后你可按我的法子做鱼

给天赐吃。半个月之后，他肯定像正常的小儿一样能欢快地跑动。"

老八不解："这鱼是寻常物，真当得了药?"

老道说："小天赐因为从小饮食不当导致厌食，阻碍了身体发育。只要饮食正常，一切都好。你看我这些菜，酸鱼头、酸菜鱼酸香得当开味；鱼骨头汤清甜可口让身子骨硬朗；清蒸鱼腩入口细滑可以补身；清水鱼丸口感鲜美可以顺气；烫鱼片温软细腻可以润胃；黄焖鱼尾香脆提神；鱼皮酸韧清热解毒；鱼鳞酥香可助消化；油炸鱼块让他当零嘴又增加阳气。说来，这十全十美的全鱼宴全是宝，就看你会不会用。"

天明之后，老道告别了老八夫妇。之后，老八夫妇就用从老道那学来的技术做全鱼宴给天赐吃。果然如老道所言，半个月后，天赐变了一个人似的，食量大了，脸色红润了，身子骨硬挺了，还长胖了，跟正常的孩子无异了。夫妻俩感谢老道对自己的帮助，当其他船民问起天赐的情况时，他们便告知这番际遇并把厨艺传授给他们。

这一鱼十吃的全鱼宴，至今仍在平乐桂江河上盛行。只要你来到平乐，随便上一家餐饮船，他们都能做出天底下最好吃的全鱼宴。

（莫惠福收集整理）

平乐石崖茶

　　久负盛名的平乐石崖茶，是平日里人们不可多得的理想保健茶品。相传唐代著名诗人李商隐，在唐大中二年（公元848年）春始代理昭州郡守期间，游遍昭州千山万水，体察民间习俗，写下了"小鼎煎茶面曲池，白须道士竹间棋。何人书破蒲葵扇，记著南塘移树时"的著名诗句，生动地描绘了平乐民间品茶、饮茶的情趣。

　　有关石崖茶的由来，当地流传着一个美丽的传说。

　　很久以前，青龙乡境内到处是原始森林。植被茂盛，古木参天，遍地奇花异草，境内大小河流遍布；飞禽走兽，鱼翔虾戏，动植物资源非常丰富。

　　大刚村处于一片莽莽的原始森林之中，人迹罕至，各种猛兽经常出没，吸引了很多猎人前去狩猎。但由于狩猎者不熟悉地形，常常迷路。

村民攀援在悬崖采摘石崖茶

平乐民间故事

　　有一次，一个外地猎人慕名前来打猎。他进到大刚原始森林的腹地，被奇异风光深深吸引。越往里走，风景越秀美。山高林密，遮天蔽日，几乎看不到太阳的光线，很快他迷失了方向。天色渐渐暗了下来，猎人心里顿时慌张了起来。此时，各种夜行动物开始出来活动，森林里热闹了起来。猫头鹰的叫声传得很远，野猪的吼叫，野狼的嘶吼，把他吓得连滚带爬，一不小心滚下了几十米深的悬崖。等他醒来时，发现周边的景物都变了，他抬眼往下一看，顿时吓出了一身冷汗。他的脚下是数百米的深渊，此时他的身体被悬崖上的一棵小树卡住了，原来是这棵小树救了他的命！饥肠辘辘、身体虚弱的他，感到非常口渴，随身带来的食物和猎枪，在他滚落山崖的时候，已经跌落到悬崖下的深渊。没有了食物和猎枪做保障，他感到了前所未有的恐惧和绝望，甚至看到了死神在向他招手。饥渴难耐的他随手抓起树上的叶子，放到嘴巴咀嚼起来，一阵乱嚼过后，他发现树叶刚入口时有点微苦，过了一刻钟左右，感觉嘴里有甜甜的味道，之后整个人神清气爽，也不感到口渴了。于是他赶紧又抓了一把放到嘴里。慢慢地，整个人精神状态好了很多，他开始思考如何脱离险境。凭借多年打猎的丰富经验，他决定放手搏一搏，摘了一把树叶放进裤兜里，开始慢慢往上爬。爬了不知多久，他终于爬上了山崖。环顾四周，凭着进森林时的一点模糊记忆，他在太阳快下山的时候，终于走出了那片原始森林，之后整个人彻底瘫了下来。附近的村民发现后，把他背回家热情款待。第二天他辞别村民回到家中。家人得知他的经历后，流下了感激的泪水。待他养足精神后，他带领家人专程赶到大刚村，感谢村民的救命之恩，并和村民们一道进入原始森林，找到了悬崖上的"神树"。之后人们纷纷攀登悬崖摘树上的叶子，回家晒干泡茶喝。

　　这个故事在当地一传十，十传百。"神树"长在悬崖上，古人便把它命名为"石崖茶"。而今，平乐石崖茶获得了农业部农产品地理标志注册登记保护。

（翟才英收集整理）

平乐盐菜的传说

平乐盐菜以颜色鲜黄透明、香气扑鼻、口感香脆爽口而备受男女老幼喜爱。它作为平乐土特产远销梧州、南宁，出口海外。相传在清代还成为上贡朝廷的贡品之一。

关于平乐盐菜，还有一段鲜为人知的故事。

古代的平乐（即昭州）是岭南瘴气肆虐的地方。那一年，正是春末夏交的梅雨季节，瘴气比往年来得更凶。整座城不是被岚烟雾气笼罩，就是被梅雨苦水包围，庄稼、作物寸草不生。城区外有一个村子灾情最重。先是抵抗力弱的老人和孩子染上恶性疟疾，上吐下泻，几天工夫便见了阎王。接着是村中身强体壮的青年男女都传染上了这种怪病，纷纷被病魔夺去了生命。好不容易熬过了春天的青草瘴，好端

菜农在收割芥菜

端的一个村子，只剩下十几个身强力壮的青年人幸存。村中一对以种菜、卖菜为生的林姓兄妹也奇迹般地活了下来。男的名半面，因一半脸白，一半脸黑，大家叫他半面哥。女的名翠花，长得水灵灵的，像一朵娇嫩的花，大伙都喜欢叫她翠花妹子。

很久很久以前，半面、翠花兄妹因家中突遭变故，父母双双离世。兄妹二人生无所恋，随着迁移的人流，由福建辗转来到了平乐。因举目无亲，不几日，眼看身上盘缠所剩无几，两人合计，在城外山上用树木、茅草搭屋，开荒种菜，渐渐地生活有了保障。之后，他们把剩下吃不完的菜拿到集市上买，挣些小钱，换取生活用品。天长日久，二人的地越开越多。于是，便过上哥哥地里干活种菜、妹妹进城卖菜的生活，日子过得平凡而踏实。后来，兄妹二人还把自己收获的菜种分给邻里，并教会他们种菜。在他们的帮助下，这个小村很快成为以种菜为业的菜农村。不曾想，这一场瘴气几乎吞噬了村中所有人的生命。兄妹俩虽然躲过了这一场恶瘴，可她们与村民种的菜全都没了，就连家中所有的种子都发霉烂掉。没有了菜，没有了种子，只能看着空地干着急。从恶瘴中捡回一条命的村民，都不约而同聚集在半面与翠花家中："种不出菜卖，就意味着断了生计。如果我们再被饿死，那这个村子就彻底灭绝了……"入夜时分，月色皎洁，万籁俱静。一片空旷的菜地上，一长发紫衣女子，仰天长叹：苍天，请给我林姓兄妹还有村民一线生机……突然，一个慈眉善目的女子飘然而至。她告诉翠花，她是海上的庇佑神，与翠花同姓林，是莆田望族九牧林氏后裔。他们的先祖是殷商王朝的太师比干，先祖比干以忠正敢言知名。纣王昏庸无道，多次进言匡谏，因此获罪，被剖心而死。夫人陈氏为躲避官兵追杀，带上家人逃难而去，并在长林石室生下儿子。周武王被比干忠心所打动，赐与其子"林"姓，取名林坚。后来随着林姓人口的增多，林姓后裔迁居到福建、广东等地。仙姑还说在他们部分宗族人居住地潮州，有一种菜心呈拳状的青菜，非常适合在平乐这种山林间湿热的瘴气之地生存。既可炒来吃，也可用来腌制盐菜。说话间，一道白光划过翠花眼前。白光过后，仙姑不见了，翠花手中多了一块白色帕布，上面写着腌制盐菜几道工序。翠花与哥哥划着小船，辗转来到广东潮州。果不其然，潮州的一个林姓村中，家家户户的菜地都种满了一种菜心呈拳状的芥菜。兄妹二人说明来意，村民得知二人是自己林氏宗族人，热情款待并赠予二人芥菜种子。

淹制水盐菜用的木桶

　　春去秋来，半面与翠花种下的芥菜长势喜人，一棵棵菜心呈拳状包裹在一起，一片连一片。眼看着到了收菜季节，兄妹俩犯了愁，这么多菜，要是卖不完，过了时令，这些菜岂不是白白烂掉。正一筹莫展时，翠花突然想起仙姑给她的锦帕。于是她与哥哥照着锦帕上的记录，把地里的芥菜全收回家，留下一小部分生卖，余下的用仙姑教的方法全部用大缸子腌制成水盐菜。那一年，青黄不接时，翠花拿出腌制的盐菜分给邻里，村民吃后都觉得开胃送饭。特别是那些因受瘴气影响患了疾病、食欲不振者，食后在一定程度上得到了缓解。没想到盐菜有解乏、御寒、预防感冒之用。一传十，十传百，人们纷纷上门讨要盐菜。短短时间内，几大缸盐菜就被一扫而空。

　　从此，这个村子的盐菜在小城里备受青睐。因腌制盐菜的芥菜从潮州移植而来，当地人便给它冠以潮州芥之名。

（李芳收集整理）

乾隆赐名"爽神汤"

平乐美食的代表有平乐十八酿及花样百吃的桂江鱼，香脆鲜美的沙子丸子，爽口香浓的同安扣肉等等。但让人念念不忘的，还是曾被乾隆皇帝御赐"爽神汤"之名的平乐油茶。

说起平乐油茶，要先从它的起源说起。公元621年，南方有瑶民因不满朝政，发生了暴乱，民不安生。唐高祖李渊得知这一情况后，下诏令李靖率大军南下平乱，部队途经昭州（即现在的平乐县）时发生流感，想尽办法也不得解。后来一位长者献计，用老姜、茶叶等以特别的方法熬了一大锅汤，士兵们服下后发了一身大汗，经多次服用，病情大有好转。此后，李靖将军恩威并施，很快平定内乱，深受当地百姓拥护。

从那以后，用姜、茶熬制成的油茶便开始在平乐流传下来。特别是桂江船家有了饮用油茶的习惯。桂江船家长年漂泊在水上，而河水性寒，惟常饮油茶避之。油茶也在勤劳善良的船家人多年的改良下，增加了花生、青蒜头、葱头等原材料，使其味道更醇，口感更好，功效更全。

有一次，一位黄姓的昭州船家人过湘江入洞庭，逛荡苏杭水乡，最后停靠在苏杭某处。因数日漂泊，他甚觉疲惫，就想着今日休养歇息，在自家的船上打碗油茶提提神驱驱寒。他先是把茶叶泡湿散开，然后把铁锅烧热，放油，再把刚泡开的茶叶及生姜、生花生、青蒜头须、葱头须等一起放进铁锅中炒。边炒边用木槌敲捣，随着"笃笃笃"的响声，一阵阵浓郁扑鼻的香气在空气中弥漫开来。

时逢下到江南偶感风寒的乾隆，正在一船上小憩。忽闻一阵阵浓烈又独特的香

平乐油茶

气飘然而至，这味道从未闻过、尝试过。连日来，沿途百官大献殷勤，山珍海味都献上，吃得乾隆一阵油腻，加上感染风寒，更是茶饭不思，见食生厌。"是什么食物有如此香气，光是闻闻就醒脑提神了？"于是，乾隆寻味而去，只见此香味从船尾一小铁锅而来，便问船主此为何物。黄氏哪见过皇帝，以为自己在无意间冒犯了皇上，吓得他马上下跪。但以四海为家、常年漂泊在外的昭州黄氏船家，很是聪明机灵，他在叩头间隙，偷偷瞥见皇上似无恶意，便用一首打油诗道出：

> 圆锅小小生铁铸，
>
> 勾曲木槌老树杈；
>
> 茶叶香油炒姜蒜，
>
> 花生脆果糯糍粑。
>
> 沧桑千载锅中味，

浓郁十分碗里茶；

树隐云遮无觅处，

清香一缕引回家。

乾隆听后连连称奇，想知道如此小小铁锅和"7"字形的木槌到底能制出怎样的宝物佳饮？他让侍从取碗呈上想尝尝。黄氏见乾隆对油茶如此好奇，又大着胆子道：

昭州油茶喷喷香，

又有茶叶又有姜；

如果天天喝两碗，

一年四季都健康。

乾隆被黄氏船家逗笑了，对油茶更是好奇：这佳饮果真有保健功效？半信半疑之下，他便拿起侍从刚呈上的油茶喝了起来。首先闻到一股葱子特有的香味，进口后初觉是茶叶的清苦，过后便是甘醇鲜香，令人回味无穷。黄氏见皇上还在细细回味，马上解释道："油茶一锅苦，二锅涩，三锅四锅是好茶。皇上您刚刚喝的是第一锅，稍后的三锅四锅才是好茶。"乾隆听着又连饮了几碗，味道果然已没有先前的浓烈和苦涩。三四碗喝下肚，乾隆顿觉口舌生津，神清气爽，说来也奇怪，胃口大开。只见乾隆皇帝腰板一挺，直呼："昭州油茶润如酥，山珍海味难媲美。"欢喜之下，乾隆命人当即取来纸墨，大笔一挥，为昭州船家题下"爽神汤"三个大字。"昭州油茶实在香，那是茶姜打的汤；乾隆皇帝喝一口，把它命名爽神汤。"此后，在岁月的长河里，在昭州街头巷尾，一直流传着昭州油茶被乾隆御赐美名"爽神汤"的故事。

至于乾隆皇帝为何胃口大开，那是因为昭州油茶具有消食健胃、驱湿避瘴之功效。其中的茶叶含有丰富的茶碱，起到全身调理的作用；生姜驱寒湿；大蒜消毒；花生米含有人体必需的三种微元素，能够补充能量。平乐油茶这养生佳饮从唐代传至今，已成为自治区级非物质文化遗产。而喝油茶也成为平乐人民生活中不可缺少的生活方式。一年四季，一天早晚都喝，不仅可以拿来作为招待亲朋好友的必备美味，还推向市场，花样翻新，适应不同顾客的口味，创新出油茶鸡、油茶桂江鱼、油茶猪杂、油茶牛杂等。特别是油茶桂江鱼，鱼经过油茶的冲煮，化解了腥气，而油茶因有了鱼的加入，茶汤异常鲜美。

许多外地游客慕名到平乐，为的就是喝一碗油茶。真可谓："平乐油茶誉四方，千里慕名来品尝；因为那年喝一碗，回家三天嘴还香。"

（汪文卿收集整理）

仙家温泉

很久很久以前，源头境内有一个古老的村落，四周群山环绕，绿树成荫。村头溪水潺潺，村前田野广阔。那里的人们好似在世外桃源般祥和、安宁，与世无争。

可是有一年冬天，当天寒地冻、万物萧瑟的时候，村里所有的人几乎是同时患上了一种怪疾：他们的身上无端的奇痒难耐，不管吃什么药都无济于事。女人们只好躲在屋里生起一堆火，脱光了衣服坐在火边不停地挠痒；而男人们干脆坐在村西的石堆上，一边晒着太阳，一边挠。有些皮肤都被挠破了，渗出黄色的液体，虽在寒冷的冬天，却发出难闻的臭味。整个村庄一下子陷入了惊恐之中。大家苦不堪言，一个个害怕得不知如何是好。

一天傍晚，正当人们在百般无奈地挠着身子的时候，天空突然乌云密布，继而电闪雷鸣，豆大的雨点从天空倒泼下来。村民们无不感到诧异：怪事！大冬天的怎么会打雷呢？老天爷还真是不正常了？难道是乾坤有变？这么想着，人们更是心事重重。

晚上雷雨不停，还刮起了大风。大家都不敢入睡，害怕那狂风会把屋顶都掀飞。正在惊魂未定之时，忽听得"啪"的一声，两条闪电犹如金龙的利爪般从天空抓下来。忽然又"嘭"的一声响在村前空旷的田野上。窗外的雨一片透亮，好似有千万条珍珠项链挂在空中。金龙的利爪瞬间消失，雨声也渐渐变小，冬天的夜终于恢复了寂静。

后来，村民似乎都睡着了，而且还做着同样的梦。

第二天早上，大家都不约而同地来到村庄附近的田野上。天哪！他们都被眼前的情形惊呆了：两个五丈见宽的方口井突然出现在田野里。一个在南，一个在北，

温泉一角

相距几十丈，好似嵌在田里的大锅。井上雾气弥漫。有人用手一摸，水果真是热的。这，怎么和梦中见到的一模一样？大伙儿交头接耳地说开了，都感到不可思议。但都相信那一定是神的旨意，要不怎么会做相同的梦呢？于是，他们分了男女各一井，纷纷迫不及待地跳进井里享受着。井水并不很深，连十岁小孩都可以在水里自在地嬉戏玩耍而不必担心会被淹着。热水源源不断地从地下涌出，白色的雾气萦绕在井的上方，并向周围的田野、村庄、树林扩散开来，远看像仙境一般。他们洗了这神泉之后，痒症突然就消失了。而且每一个人都神清气爽，皮肤更加光彩照人，好像脱胎换骨似的。

村民感念那两道闪电（其实他们梦见的就是一条金龙）给他们带来的神泉，就在井的附近建了一座庙宇，名为金龙庙。每天都会有人前去供奉。

天降神泉的消息不胫而走，四邻八方的人慕名而来，更有患了顽疾的人想试一试真假。当地的村民也都乐意接纳他们，让他们尽情沐浴及饮用。神泉果然治愈了很多病患者。

有一年春天，空气潮湿得拧得出水来。村里来了一个和尚，瘦个儿，光着脚，僧服又破又脏，眼睛深陷，嘴唇干裂，脸上长满了疱疹。

"又是来治病的！"村民说。

当他们得知这和尚来自几千里之外的江南时，还真被吓了一跳。这和尚本来是准备从浙江一带起身东渡日本传经送法的，随行还有二十多个徒弟。由于海面风狂浪大，他们的船只像一片树叶一样漫无目的地在海面飘，最后竟飘到了海南岛，活下来的弟子已经所剩无几。后来他们辗转到了内陆，所剩的几个弟子也都走散了。不久前，他患了痢疾，身上还长满了疱疹，当地的百姓说他患的是瘴气，得赶紧治疗，否则就会有生命危险。他当然不惧怕死亡，也就没有请郎中医治，而是一边忍受着病痛的折磨，一边向当地的人们传授佛经。有一天，他看到一股仙气从西而来，像佛的手一样召唤着他。他决定不顾一切地寻找这仙气之源……

"请到神泉泡一泡吧！"村民非常受感动地对他说。

于是，有人就引着和尚穿过层层雾气到水井边，让他每天都在水里泡个澡，还让他舀泉水喝一喝。不多日，他的病竟然全好了。

"真乃仙泉也！"和尚大赞，"此地乃仙家之地，泉便是仙家之泉。"他好似找到了一片圣地，又见附近有一庙宇，正好可以栖身，就决定留下来参悟佛法。

不知道过了多久，村里突然来了一个不速之客——犀牛。它有一个庞大的身躯，还有一个锋利的角。白天，它隐身于井里，晚上就出来糟蹋村民的庄稼。眼见着泉水被它弄浑，泉眼被它踩坏，将要收获的庄稼也被它糟蹋光，村民是又急又恨又心疼。

"铸一口大钟镇妖吧！"和尚对前往金龙庙求神庇佑的村民说。于是，大伙儿筹集资金请铁匠铸了一口大钟，钟上刻着一条威猛的长龙。十来个健壮的村民一起才将钟抬进了庙里。和尚每天对着钟焚香念佛。他只顾闭着眼睛念念有词，不吃不喝。第三天晚上，犀牛又钻出井来，并大摇大摆地走到田里吃庄稼。正在这时候，天空突然狂风大作，地面飞沙走石，庙里的钟竟然闪电般地夺门而出，对着犀牛便是"嘭嘭嘭"一阵狂撞。人们赶紧关门闭户，躲在被子里，大气也不敢喘。直到第二天太阳都升上老高，大家才在田里发现了那口钟。钟身上的龙竟然不见了，犀牛掉下的毛东一撮西一堆，还有一路的血迹，消失在井旁。人们担心和尚出事，赶紧跑到金龙庙去看，四周却不见了和尚的身影。

大概是成佛了吧，人们想着。反正，后来再也没有犀牛出来作恶。人们依然安居乐业。神泉的水仍源源不断地从地下涌出。

这便是仙家温泉的传说。

（黄小芳收集整理）

马尾水瀑布

关于马尾水瀑布，有两种不同的传说。

第一种传说是这样的。

很古很古的时候，在大发（旧时称大扒）瑶族乡旱冲一个大森林里，住着一独户人家。家中有个男孩叫达娃，自幼聪明，可惜祖祖辈辈都住在这个大森林中，没有一个人识字。达娃想去京城读书，可是怎么去呢？山里人只有靠双脚走路到京城。于是，他便背了一大捆草鞋，告别了父母，离家上路了。

达娃不怕艰难困苦，虎狼当道，山高路遥，翻过了一座座山，趟过了一条条河，不知走了多少路程，草鞋也不知烂了多少双，双脚走起了血泡，还是继续走。他那不怕艰难险阻的精神，感动了玉帝。玉帝派了一匹仙马下凡，要把达娃送到京城。当达娃走得疲劳歇息之时，这匹仙马便从五彩缤纷的云朵上突然降到他的面前。达娃醒来之后骑上仙马，很快走出了这片大森林。路过一个村庄时，达娃遇上了一群恶霸。恶霸们看中了这匹仙马，设下计谋，叫喽啰们用箭射杀达娃。奇怪，无数支飞蝗利箭，都射不着达娃和仙马。恶霸才知晓这是一匹仙马。于是派人四处包围，并吩咐把箭淋上鸡血、狗血。仙马见势不妙，立即掉回头跑，刚刚冲出重围，又被潜伏的恶霸阻拦。仙马只得跑进旱冲一个石洞，来不及躲藏好，露在外面的马尾巴被恶霸用淋了狗血的箭射断了，成了两半。被箭射到十多里的地方，变成两股泉水。多的一半是大马尾水，少的一半是小马尾水。仙马被射断尾巴后，不久就痛死了。达娃看见仙马死得可怜，不愿回家了，决定留下来陪伴仙马。他跑到山头上哭呀哭，足足哭了七天七夜。

平乐民间故事

大发瑶民

　　因过分伤心，达娃哭死了。现在，远远看那个岭上有一块像人的石头，据说是达娃的化身。

　　第二种讲法是——很古老的时候，桂林住着一个有钱有势的大财主。大财主家有良田万顷，丫头、差奴数百人。财主的老婆很厉害，对丫头更是凶恶。每天天还未亮，就要丫头们起床挑水、洗衣……挑水要到十多里路的水井去挑。挑水的桶底部是尖的，想歇也不能歇，还限定按时挑到家。回早了，说挑的水不干净，会挨打；

回迟了，又骂丫头不正经，在路上勾引了男人，又挨打。晚上还要绣花，绣到三更半夜还不准休息。合上眼不久天就亮了，又得起床挑水。所以，丫头们每天不是挨打就是挨骂，够难受的了。

这些丫头中，有一个年岁最小的叫达娃，长得聪明伶俐，白皮细肉。她年龄小，个子也瘦小，自然力气就更小了。为此被财主婆打骂最多的也就是她。她每挑一担水回家，肩膀换来换去磨出血来，终究逃不脱财主婆的打骂。每次达娃去挑水，总是含泪去，流泪回。泪水湿透了她的袖子，汗水湿透了她的衣裳。更可怜的是，达娃病了，无法去挑水。狠心的财主婆，把她打得血淋淋的。于是不管是寒冬腊月，还是病魔缠身，她总得去挑水。有一回达娃含泪去挑水，路上突然看见从地里冒出来一个鹤发童颜的老人问道："阿妹，你哭什么？小小年纪有何忧愁，能不能告诉我？"

达娃擦干眼泪望了望这位慈祥的老人，如实的把原由告诉了他。

说到伤心处，达娃不觉大哭起来。老人安慰说："阿妹别哭，明天这个时候你再来挑水，我帮你想想办法。"一转眼老人就不见了。

第二天，达娃按照老人的嘱咐，按时辰来到了原来的地方。老人拿出一个熟透了的山楂果，叫达娃吃下，并说："明天这个时候你再来。"说完，老人就不见了。达娃吃了山楂果后，浑身有使不完的力，挑起水来，轻如鸿毛，肩也不痛了。

第三天，达娃按照老人的嘱咐，又按时辰来到原来的地方。老人果然又在等她了。老人又送了一个山楂果给她吃，并告诉她："明天这个时候你再来。"奇怪的是，她吃了山楂果后，会唱山歌了，唱也唱不完，唱财主的残暴，骂财主婆的凶狠，还教姐姐们唱。财主发现了，发起脾气来，把丫头们赶到一起。财主问："是谁教你们唱的歌？说出来重重有赏。"丫头们非但不承认，还异口同声地唱了起来，把财主唱得晕头转向。

财主心生诡计，找了个法师，把达娃关到一个黑麻麻的岩洞内，让她饿五七三十五天。

姐姐们不见达娃，以为她一定被财主害死了，都骂财主的心比毒蛇还毒。

黑黑的山洞鸟儿飞不进来，连太阳都透不进一丝光。达娃只好坐在光溜溜的石板上流泪，想念受苦的姐姐们，唱着悲惨的山歌。

再说那位神奇的老人，多日不见达娃来挑水，心想：达娃一定是遇上不幸了。于是，放了一只仙鸟沿途寻找，把财主家都找遍了，都没找到达娃。当仙鸟飞过一座山时，听见一个山洞内有人唱歌！它明白这山歌是吃了仙山楂果才会唱的。它飞到那座石山顶上睁眼一看，看见达娃被关在山洞里，便从身上啄下一根七彩羽毛，化为一支利箭飞入岩洞内。说来也怪，三天没见到阳光的达娃，忽然看见从头顶上有一线阳光射进来，她脸上顿时露出了笑容。这时，一只七彩的鸟飞了进来。她见到小鸟，就像见到了亲人。达娃捉住小鸟用手拍了拍它的翅膀。小鸟叫喳喳的，似要和她讲话。一会儿，小鸟飞走了，她像失去了亲人似的。

达娃口渴得像炭火烘喉头一般，连话也说不出来。这时，七彩仙鸟又飞来了，嘴里叼了个山楂果给达娃吃下去。吃了山楂果之后，达娃不饿也不渴了。她唱起一首首美妙动听的山歌，一下子把忧愁和烦恼抛到了九霄云外！仙鸟高兴地飞走了。

就这样，小鸟每隔三天送一个山楂给达娃吃。吃一个山楂果，足足可以饱三天。

转眼，达娃住在岩洞已有二十天了。她做了一个梦，梦见小鸟啄下的那片羽毛重新长出来后，才能救自己。眼看就到三十五天了，仙鸟的羽毛还没长出来。

"五七"已到，财主请那个法师把达娃放了出来。达娃回到财主的家，财主以为是鬼。眼见这位活生生的姑娘饿了三十五天还没死，觉得奇怪，便派人去搜查石洞内放了什么吃的东西。结果自然是什么也没找到。

财主相信达娃是仙女下凡，便要达娃嫁给他的儿子。达娃死活不肯。

三十六天过去了，仙鸟那根羽毛长了出来，要来搭救达娃。可是，来到这个洞，不见达娃。于是找到财主家，才晓得达娃被锁进一座高楼里。达娃在高楼内唱山歌，首首凄凉、悲伤的山歌诉说穷人的苦，骂财主的凶狠。

达娃在高楼内饿了三天三夜。七彩仙鸟飞来了，又给她一个山楂果。达娃吃了山楂果，又唱起山歌来，唱得财主一家打的打，骂的骂。财主派了管家到楼上，偷偷地察看达娃吃些什么，和什么人物打交道。

小鸟飞来了，又送来了山楂果。达娃马上把山楂果吃下。小鸟飞走了，她又唱起了山歌。管家看得一清二楚，告诉了财主。老财主想了一个办法，请个法师，把达娃关进一个周围都是水，阴暗潮湿的洞内，让她永远见不着天日。一天，仙鸟又

马尾水瀑布

飞来了，慌慌张张的，没送仙果来。聪明的达娃想：一定有不幸的事发生了。连忙问道："出什么事了？"小鸟回答："财主要把你关进黑洞，活活闷死。你得赶快逃走。我送你一根七彩羽毛，遇上大难，只要把它含在嘴巴内，就会平安无事。如果是救人，一次只能救一个，千万记住。"小鸟说完，飞走了。

达娃把七彩羽毛含在嘴里，真灵！紧锁的大铁门自动开了。达娃觉得身子轻悠悠的，像小鸟般飞了出去。飞过了一座座崇山峻岭，口渴了，便降到地面，把羽毛藏在石头底下，去找水喝。找了很久，找不到一滴水。达娃累得头昏眼花，在树下躺了下来。又渴又饿的达娃昏了过去。

这时，走来个打猎的后生，看见树下躺着个年轻的姑娘，心想她一定是渴了，便把长竹筒里的水倒出来给达娃喝。达娃喝了水后慢慢地苏醒过来，看见这个素不相识的猎人，便问道："大哥，上哪打猎？家在何方？"猎人答道："就在此山打猎，家住山背后。"达娃实在饿得厉害，忍不住问道："大哥，我想到你家吃一碗饭，好吗？"猎人说："可以。"

于是，猎人把达娃领进了自己的茅草屋。达娃看见家中无人，便问："大哥，家中还有何人？""爹妈被财主害死了，我一个人躲进山里，以打猎为生。"达娃听了，流下了同情的泪水。她见猎人诚实厚道，吃过了稀粥后不想走了。猎人催她走："姐，该上路了。"达娃不答话。猎人又说道："大姐，太阳眼看要落山了，山中虎狼成群，天黑了很危险。""我不走了。""这位大姐，家里就我一人，不便留宿，趁早快走吧。"达娃不答话，只知道哭泣，哭得很伤心。软心肠的猎人见她哭得凄凉，也掉下了泪水，便答应让她住一晚，等明天天亮就上路。

猎人把茅屋留给达娃住，自己爬上茅屋边的大树杈上坐了一夜。第二天早晨，吃了饭，达娃说："大哥，你让我住下吧。"说罢，哭了起来。猎人问道："你是哪里人？为何哭哭啼啼，能不能告诉我？"达娃止住眼泪把自己在财主家做丫头的经过一一告诉了后生，说："我愿意和你相依为命。"猎人听了吃惊地说；"不能，我家贫如洗，不能连累你。""再穷我也不怕，我不走了，除非你上天。"后生见达娃真心实意，便答应了。

俩人双双拜了天地。从此，夫妻恩恩爱爱。虽然贫苦，但苦中有乐。达娃唱起美妙、婉转的山歌，猎人一听见歌声，一切烦恼便没有了。时间一晃半年过去了，达娃记起了藏在石头底下的七彩羽毛，便叫猎人去取回来。达娃把它放在嘴里，真怪！茅屋变成了瓦屋，白花花的米堆成山，墙边挂满了新衣服，有猎人的，有达娃的，也有未出世的小孩的。猎人笑得合不拢嘴。他们的日子越过越美满，后来达娃生了个女孩。

达娃心想，财主找不到自己，定会拿丫头出气。她决定去救姐妹们。她把想法告诉猎人，猎人同意了。达娃背上未满月的孩子，告别猎人，飞到财主家。远远地看见姐妹们被打，达娃把孩子放在旱冲大森林里，自己落到了财主家，等晚上财主和法师熟睡后，再想法救姐妹们。

夜深人静，达娃把姐妹们一个个救到了自己的家。每次只救一个，不知往返了多少次，救最后一个的时候，被法师发现了。达娃迅速把最后一个姐姐送回家，再返回去救自己的孩子。法师追上来了，把达娃的孩子摔到远远的一座山上，然后跟达娃拼打了起来。两人打到天亮不分胜负，法师想一个弱女子这样难对付，定有神功在身，便使出了法术。霎时，妖风劲吹，山移水流，一座座大山朝达娃压来。可是，总压不住达娃，法师反而被达娃打成重伤，像条死狗一样瘫痪在地上。

达娃也筋疲力尽，口干舌燥，吐出了七彩羽毛到河边喝水。谁知河里的水已被法师放了毒药，七彩羽毛也被风刮走，法师看见达娃喝了毒水，发出了狰狞的冷笑："你……你……你也该……该收命了。"说罢便断了气。

果然达娃喝了毒水后，倒在地上，不省人事。

这时，两匹仙马下凡找达娃，来到了旱冲，找到了昏迷的达娃。随后，又找到达娃的女儿，把她们母女救活了。由于法师把毒药放在水里，使得那水流过的地方，草木都枯死了。

达娃非常难过，认为这是她造成这里寸草不生的，不愿意离开，要亲自种上树木，恢复原样后才走。两匹仙马告诉达娃，只有砍下它们的尾巴用来打扫毒渣，才能让草木茂盛。达娃按照仙马的吩咐，砍下它们的尾巴。打扫完后，两条白马尾巴化作了两挂瀑布，把水中的残毒冲得干干净净。

大马尾水瀑布，高约两百米；小马尾水瀑布高约百来米，相距约十里左右。

达娃和孩子骑着仙马，唱着仙歌上天成仙了。

大发旱冲马尾瀑布，像白马的尾巴一样，日夜从山峰倾泻而下。在另一个山头上，还可以看到一块很像人的石头，那是法师变的。

（李晓琳收集整理）

平乐民间故事

广西第一锣

民国初年，老榕津村的公产中有一面打醮、唱戏用的大锣，音色浑厚带"钢"字声，历来被桂剧场面（音乐）艺人称为"上锣"。广西桂剧戏班中的大锣，没有一面音色能超过它，所以被桂剧艺人们称为"广西第一锣"。

也不知何时，村人因公众事需要用钱，便将大锣拿去榕津大街廖耀堂当铺典当。廖耀堂见此锣音色好，遂起私念。在当期满，村人来赎锣时，廖不给赎，要来人作"当断"论处。来人不肯，廖又假称"锣已被盗"不在铺上。村人见廖执意不给赎，怀疑锣是金锣，便告到官府，说廖"有意吞谋金锣"。当时榕津街有个省府回乡度假的官员廖子芳出面调解说："响锣者，只有铜铸，金铸之锣，岂能敲响？村人如此诬告，未免有勒诈之嫌。"村人无词答辩，另咬定说："无论怎样，也得要回一面满意的锣。"什么锣才能达到满意？很难说清。最后官府判廖耀堂免收当金，再赔村人一面与原锣重量相等的大锣了事。

廖耀堂是个桂剧"耍友"，家里有全套桂剧锣鼓家私。但其大锣音响不及村人此锣，因而得此锣，把它视为镇家之"宝"。他家有一班"玩字"常客，每逢大小喜事、节令娱乐耍"玩字"，他便换用此锣上阵。"耍友"们及行家闻之，赞不绝口。不久他这"家宝"便传扬了出去。恭城有个财主名叫钟金甫，也是个桂剧"耍友"。他有副音色富泰振奋钹子，因买不到一面音响可与之匹配的大锣而常叹息。时闻廖耀堂"家宝"大锣音色特好，便带上自己那副大钹子到榕津街来与廖耀堂敲打玩乐。经过合击，锣、钹音色果然相配，当即被榕津街桂剧爱好者们喻为是"天下和谐的一对"！玩毕，钟即对廖说："耀堂兄！恭祝你得此瑰宝！常言道：有福同享啊！你

我并非初交，这锣就借给我要一年半载。等我买到好锣，即刻归还！"可是这锣连廖耀堂自己都还未要上一年半载，哪里肯借，自然婉言拒绝。而钟金甫却不甘心，又说："耀堂兄，既不借一年半载，看在交情分上，无论如何也要借我要三个月！"说着拿出八十块大洋放在桌上："用它作抵押，皆可放心了吧？"廖耀堂碍于交情推搪不过，见他又是从恭城远道而来亲临舍下，只得勉强答应。便把大洋推过去，叮嘱道："金甫兄，言重了！这样吧，钱你带回，念在多年交情，就借给你三个月，但要言而有信。三个月后，一定要归还。"钟金甫见廖答应愿借，"如姬获宠"般高兴，并拍着胸脯说："食言者，小人也！"就这样，大锣被钟金甫带去了恭城。

钟金甫借得此锣如获至宝。三个月后，并不思还，且有吞谋之意。他给廖耀堂去一信，谎称大锣已被人失手打坏，愿以银圆赔偿了之。廖对此锣钟爱之至，岂肯以银圆赔偿了之。同时怀疑钟金甫此举是否撒谎用计，便急复信说："钟兄不忙言赔，纵使锣坏，也要见到坏锣再作断论。"要钟金甫速将坏锣送来榕津。钟金甫接信后忐忑不安，因前信说"锣被人损坏"，毕竟是自己撒谎，此番若将好锣送去自己怎能自圆其说？继而又生一计，将锣钻一小洞再送去。这样，廖见锣确已损坏，定会断处给他；即便不断处给他，也应了他前信所言，锣确是被人损坏，可以自释前嫌。主意拿定，钟金甫便在锣中心稍偏旁钻了一个小洞，然后请人送到榕津。

廖耀堂见锣钻洞，始见不悦，用槌一敲，孰料音响比原来更开阔、明亮（原音响"钢"却有点带"闷"，如今反而响开了），廖即转忧为喜，也不计较那个小洞的损坏。收回大锣，打发送锣人走后，自语道："有了这次，下次就是八代交情，也不再借了！"

天不夙人愿，民国十年（1921年），廖耀堂当铺被强人洗劫一空，大锣也未能幸免。过了一段时期，大锣被强人转到恭城莲花圩一贫民手中出卖。榕津街人赶莲花圩得见，回来告知廖耀堂。廖因被劫后，却只有"望锣兴叹"而无余钱买回。后来榕津粤东会馆用30块大洋买回此锣作祭祀公用。

1968年有人趁"文革"混乱之机，将大锣偷去当作"废铜"卖给平乐文具店。此事被榕津业余桂剧团司鼓李金威得知，即回榕津报告。榕津业余桂剧团人员集资到平乐文具店将锣赎回。从此，这面大锣成为榕津业余桂剧团公有产物，也成了榕津人心目中的瑰宝。

（莫若收集整理）

大发的由来

　　唐大中元年（公元847年），李商隐被调到平乐（当时称昭州）任代郡守（相当于现在的市长）。李郡守十分关心百姓疾苦，经常穿着便服到各地体察民情。一天乘船沿桂江而下，突见江边有一男一女两个瑶民在耙田，他就叫船家靠岸观察。他们耙田与其他地方的人耙田不一样，别的地方耙田都是用牛拉，而且耙很宽，一耙就是一大片，很快的。而他们是女的在前面拉，男的扶着一把很小的耙在后面耙。李郡守于是就上前询问："我看别的地方都是用大耙，一耙就是一大片，你们用小耙，

瑶民在跳草龙舞

是不是因为买不起牛呢?""同年(瑶族群众对客人的尊称)有所不知,我们这里沿山造田,田块都很窄,用不了大耙。像我们这种九齿的已经算是大耙了,很多人还用五齿的呢!"男的回答。李郡守恍然大悟,便吟诗一首:"柳绿花红莺唱声,弯弯梯田正催耕。不是瑶民无牛用,自有大耙诉艰辛。"回到府衙,他将一路的所见所闻写成了一首诗,名为《江村题壁》:

> 沙岸竹森森,维艄听越禽。
>
> 数家同老寿,一径自阴深。
>
> 喜客尝留橘,应官说采金。
>
> 倾壶真得地,爱日静霜砧。

大耙也因此得名,后人误写成大扒。改革开放以后,由于人民对发家致富的向往,又改名为大发。

(张天德收集整理)

红山脚的来历

地处阳安乡南面有一座山，名叫"红山脚"。

传说很早以前，此山深居着一条被玉帝贬降下来的蜈蚣精。蜈蚣精在天庭粗暴野蛮，被贬降到凡间后，仍然劣性未改，还时常出来强抢民女，危害人畜，甚至连对面山上老实厚道的虾公精也受欺凌。

人们被蜈蚣精骚扰得实在安宁不下了，就请虾公精向玉帝控告其罪。翌日天亮，虾公精急忙上天将状纸呈给玉帝。玉帝大动肝火，立即派遣托塔天王李靖惩罚它。不到三个时辰，李靖率兵到来。蜈蚣精眼见山前天兵林立，不觉打了几个寒战。它知道是虾公精告的状，更是恼羞百倍。眼看天兵降临，便心生一计，先假意认错，蒙混过关，然后伺机报复。于是假惺惺地向李靖认错，发誓行善从良。李天王念他有悔改之意，饶了它性命，收兵回殿向玉帝禀报去了。

谁知，蜈蚣精不但不放下屠刀，还更加凶残。在李天王带兵走后的第二天晚上，蜈蚣精口中吐出毒气。顿时，整个过程血流成河、房屋倒塌、山崩地裂。唯有虾公精略有法力，死里逃生，带着伤痛登天，向玉帝哭诉蜈蚣精的暴行。玉帝闻知经过，龙颜大怒，命雷公大将，立即下凡就地处死蜈蚣精。雷公奉命领兵下凡，须臾，到此山摆开阵势，摇旗呐喊。蜈蚣精出来应战，怎敌得过千兵百将！便仓皇夺路向山顶而逃。雷公奉诏怎能放过他，追到山顶，猛斧一劈，把它头颅砍下。霎时，鲜血直冒，从山头一直流到山脚，"红山脚"因此得名。

（杨军收集整理）

平乐民间故事

令公庙的来历

"乐水拖兰"位于平乐城西、"昭山点翠"之旁，包括县城西北隅之乐水、令公庙和马河一带。

乐水又名茶江，源出广西富川县，流经恭城，从沙子进入平乐，融入桂江。乐水之滨有令公庙，是平乐著名的古迹之一。这一带是平乐府商业的繁盛地区，南北货物在此中转，邻近各县的土特产也在此集散。

相传昭山是王母娘娘失落的一颗夜明珠化成。每当夜幕降临之时，昭山便光芒四射，照得附近如同白昼。一艘艘货船逆江而上，船尾拖起的一道道水痕，在光亮掩映下，恍若绿练，又似游龙戏水，十分迷人。

每天沿岸停泊的货船颇多，少则数百，多则上千，一字儿排开，有的待装，有的卸装，好像是一座不夜城的水上街市，热闹极了。

马河又名杨柳洲，位于乐水之滨，隔河与令公庙相望。马河地势低平，面积宽大，自古以来是商贾旅客养马、练习坐骑的地方，也是各种马匹的交易场所。这里虽然没有货物买卖，却也不亚于商业区的闹市。

话说托塔天王李靖奉玉帝圣旨巡察，他骑着金角老龙在云头上，陡然间看到黑夜里光芒四射。李靖大惊，急忙拨开云端仔细一看，原来是王母娘娘失落的夜明珠化成昭山闪闪发光，照见那水上街市十分热闹：有上下货物的，有耍拳弄棒的，还有那说书评弹、载歌载舞的。人们熙熙攘攘，摩肩接踵，令人眼花缭乱。在夜明珠附近的三角洲上，几个法坛高筑，僧尼巫觋在讲经说道。一旁讲的梁高僧谈经入妙，顽石点火，佛图澄大显神通，咒钵生花；另一旁讲的栾巴噀酒救火，达摩祖师一苇

令公庙内的李靖塑像

渡江。围观的人群个个听得目瞪口呆，如痴入神。

再看马河，正举行迎神赛马大会。高大的山东马，灵巧的小龙驹，在表演着惊险的动作，大滚小滚，跨壑跳栏，应有尽有。

托塔天王看呆了，忘记了凌霄殿禀报巡游的事。玉帝大怒，颁下圣旨，罚李靖永远留在凡间看守夜明珠。金角老龙也没有尽到职责，被罚化作山峦守卫李靖。李靖不敢违抗，遂托梦给众乡邻叙述此事。人们为了纪念李靖守卫之责，便在李靖驻足观看的地方，建起了令公庙。临江一面建亭榭，供李靖瞭望之用。庙里塑有李靖金身及其儿子哪吒神像，又在令公庙后山建造了凌云亭和十娘庙，不让老龙兴风作浪，危害地方。

自此之后，山上古木参天，浓郁清幽，气候凉爽宜人。令公庙也历经多次修葺，香火不断。

（黄金华收集整理）

鸡公山

二塘镇谢家村委吕家洞村有座山叫"鸡公山",头朝西、尾向东。这座山的前面有一座小山。小山的半山腰有一个谷桶大小,一丈多高的像一盏煤油灯的石头。这块石头,人们叫它"灯盏山"。山名的来历有一个十分动人的故事。

相传在很久以前,有一年天大旱,庄稼旱死,草木枯黄,人畜遭难。野菜挖完了,野果摘尽了,树皮也吃光了。人们不得不背井离乡,逃难外地。

那时候,在石山脚下的小村庄里有一对年过七十的老夫妻,没儿没女,走动不得,只好留在家中。他们养了一只很可爱的大公鸡,老俩口就与大公鸡相依为伴。那公鸡像懂得主人的言语和心事似的,从不远走一步。当他们心情不好的时候,它就自然地在他们面前蹲下沉吟,任他们抚摸逗弄,还经常伴着二老上山下地。

有一天傍晚,大公鸡突然不见了。老两口急得像热锅上的蚂蚁,到处呼叫,遍地寻找,一直寻到天黑还不见公鸡。老两口吃也吃不下,睡也睡不安。好不容易挨到半夜时分,突然发现对面山上的半山腰中,有一团火球一样的东西,光芒四射,划破了漆黑的夜空。他们觉得非常奇怪,想去看个明白,但一起床就感觉眼花缭乱,双脚怎么也走不动!

那只公鸡究竟到哪里去了呢?原来那只公鸡不是普通的鸡,听说是天上蟠桃林中的一只玉鸟变的。它早年在蟠桃林里,看见那迷人的仙桃长着熟透了,就偷吃了一个,不料被齐天大圣发现,马上报与玉皇大帝。玉帝大怒,罚它在月宫里看管三年的桂花。玉帝对它的惩罚使它大为不满,一怒之下就偷偷下凡变成一只美丽的大公鸡。那公鸡见天总是不下雨,人们背井离乡,联想到自己的遭遇,非常气

鸡公山

愤。于是就用法力点燃"灯盏山"的灯，偷偷地离开家门，连夜赶来湖南长沙。一到长沙，看见那里雨水充沛，庄稼十分茂盛，借着灯盏的光和自己的本领，不管三七二十一一夜就把十几亩田的谷子吃得干干净净，直到东方发白才回来。长沙的人还不知道是怎么一回事呢！

　　天下没有不透风的墙。这件事被王母娘娘的外甥女三公主发觉了。她知道这些事只有天上的花神仙鸟才能做到，下界的山精鬼怪是不可能做得了的。便将这件事报与玉皇大帝。玉帝听了大吃一惊，立即传旨命天神、太白金星、天兵天将等巡查整个天庭，连花鸟虫鱼也不放过。不久，终于查出了来龙去脉。玉帝知道了是天鸟作怪，马上传旨命雷神下界惩罚它。

　　这天，晴朗的天空突然变得乌云翻滚，雷声大作，一场倾盆大雨眼看就要下来。鸡公知道玉帝遣天神来惩罚自己了，它怕连累自己的主人，依依不舍地离开了家，向村背的石山走去。当它走到山顶时，雷公发现了它。只见电光一闪，紧接着一声

堆谷山

震天动地的霹雳炸开来。雷声响过，大鸡公已变成一座石山，守在村庄的旁边。

至今，这座山还栩栩如生地屹立在那里呢！人们叫它"鸡公山"。这个山的尾巴处有个碗口大的洞口，叫"出米洞"。那是公鸡将吞吃掉的谷子放进洞内，谷子变成白米，流出来让饥饿的人度荒年。旁边的"堆谷山"也是鸡公将吃的谷子堆成的。"鸡公山"的嘴巴处少了半截，传说是被雷公用斧头劈掉的。前面"灯盏山"上的灯盏至今还在。

（黄利存收集整理）

木架井

　　传说在桥亭街尾，有一口甘洌的水井。村里有一个教私塾的莫先生，满腹经纶，还精通风水。唯叹年过半百，膝下无儿无女，几番想纳妾生子，延续香火。只碍着与老伴结发之情，难以启齿，他便想通过风水来解决这个问题。莫先生不知查阅了多少地理书籍，终于在一本《宾公地理全书》中查到了桥亭的地脉情况。桥亭是一条南蛇地脉，这口水井就是南蛇脉眼，常喝这口井的水能让人变得聪明。这口井每隔三十六年就会喷出一朵莲花，这时如有人滴两滴血到莲花上，就能祖祖辈辈人丁兴旺，福泽连绵。

木架井

于是，莫先生每天总是借口晨练，在这口水井旁进行观察。功夫不负有心人，一天，天刚蒙蒙亮，就见井里一片通明，微波粼粼。一朵硕大的莲苞徐徐升出水面，一瓣瓣花瓣慢悠悠地绽放开来。一朵闪闪发光的白色莲花，占据了整个水面。四周还有一座木架随着莲花悠然地转动。眼前的景象让莫先生看呆了。聪明的他，马上冷静下来，用早就准备好的针将中指刺穿，将两滴鲜血滴入井里。不一会儿，花瓣倏地一收沉下井底不见了。

从此以后，莫先生每天五更就起来打水给老伴喝。不到半年，老伴就怀孕了，第二年就产下了一对双胞胎。消息传开后，不少人都在五更来打水，而且效果都不错。

后来人们经常可以看到井里有一对红鲤鱼，据说是莫先生的血化成的。这口井也就被取名"莫家井"。因为莲花四周有一座木架，因此也有人叫"木架井"。大家通过看到莲花的日子推算，很多人都看到过井喷莲花的奇景。再后来，不知有谁在井边杀狗，从此井喷莲花的奇景再也没有出现过。

（张天德收集整理）

桥亭天一观的故事

桥亭乡有座供奉北帝的道观，坐落在桥亭街尾，以神灵显圣、护佑人间而受到桥亭乡民的崇拜信仰。几百年来，香火鼎盛相传。天一观的修建，在桥亭流传着一个传奇故事。

从前，在平乐县城有一个姓余的财主，家财万贯，膝下却只有一个名叫余兴的独子。余兴虽满腹经纶，却无意功名，整日游山玩水，有时两三天也不回来。家里人为其担惊受怕，茶饭不香。大财主见自己的儿子这么贪玩，整天无所事事，就为他结了一门亲事。那女子姓白名燕，比余兴大五岁。大财主的本意是年龄大点懂事一些，管住余兴不要整天东奔西跑。谁知事与愿违，两人结婚后，玩得更欢，每天出双入对，似一对鸟雀一样飞来飞去。有时跑到粉岩、仙人洞、穿山岩，有时又到县城附近的金字岭、鲁班井、令公庙，有时还跑到榕津古镇、沙子古镇、莲花山、桂江河。两人玩腻了，就在山环水绕、风景秀丽的印山亭中吟诗赋对，从日出玩到日落。

大财主见到自己的儿子和新媳妇整日游山玩水、不务正业，就想了一个办法：专门开设了一间古旧书铺，让他们一起经营管理，所得利润全归其支配。大财主认为，儿子和媳妇一来可以在铺里看书吟诗作对；二来可以学些经营之道，为以后接管自己的生意打下基础，同时用这无形的铁链锁住他们。余兴见父亲用这个法子拴住自己不能去游玩，表面上用足心机经营店铺，暗中却是另有打算。

一个春光明媚的早晨，余兴和白燕同往日一样，吃完早点之后，清扫店面，打开铺门。大财主见到两人认真经营着自己亲手策划的书铺，心里异常高兴，大摇大摆地和一帮财主喝早茶去了。看着父亲的背影慢慢地消失，夫妻俩把早就准备好的行李、干粮和积蓄下的银两打了个包袱，关上店铺，远走他乡，去找属于他俩的"世外桃源"了。

他们沿着桂江一路而下，寻芳探幽，走走停停，也不觉得累。他俩来到长滩，发现这里的人、这里的事，既有古味又有今情，令见识广博、聪明过人的余兴大为感叹。两人在长滩渡口租了一条小渔船，欣赏沿河的风景。长滩河两岸风光旖旎、山水如画，人仿佛在如梦似幻的画卷里穿行，让两人流连忘返。

在长滩住了一夜，第二天就往桥亭方向进发。桥亭是本辖区中他们唯一还没有到过的地方。因此更充满着好奇，一路上的松山蕉水让他们兴奋不已……

他们一路走一路看，用了大半天的时间来到了桥亭。只见这里房屋疏密有序，田地肥沃，池塘幽美，古樟遮荫，田间小路交错相通，鸡鸣狗叫此起彼伏，老人小孩个个无忧无虑，欢乐无比。当地人看到了余兴和白燕，觉得十分意外，就问其从何而来的。两人一一作了回答。村里人杀鸡、摆酒、做饭招待他俩。其他街民知道有客到来，家家户户奔走相告，都赶来探问消息，问短问长，像自己的亲人到来一样。

余兴与白燕住在这里游玩观光。他们到过紫竹庵，钻过狮子岩，站在木架井前欣赏田园风光，踏过车洞的太极八卦图，攀过东宫山的绝壁，坐过菩提禅座，寻过麒麟吐火，找过骆马出城，蹲过六冲的德定瀑布，爬过大湾的一柱擎天……好一个天外有天的美景，夫妻俩舍不得离开这里。于是，在乡亲们的帮助下，他们在木架井旁搭了一个草庐，夫妻俩过着"世外桃源"的生活。

乡亲们的热情和桥亭旖旎的风光、多彩的文化、深厚的历史底蕴深深地吸引着这对夫妇。余兴和白燕忘记了自己的家、忘记了年迈的父亲、忘记了家乡那个繁荣的小县城……

光阴似箭，日月如梭。两年后，白燕产下一个男孩。这孩子长得天庭饱满、地阁方圆、眉清目秀，鼻长而又贯顶，一副聪明伶俐之相，将来必大富大贵。街上的男女老少抢着抱这个婴儿，夫妻俩被乡亲们的热情感动得热泪盈眶。然而没想到当孩子对岁后，就越来越多病，越来越难养，由原来的胖小子，变成了骨瘦如柴的干瘪儿。知名的医师都请过了，病情丝毫没有好转，全桥亭的人都为这个孩子的病焦虑不安。

天一观原址

　　一天，一位白发苍苍的老翁路过桥亭，因天色已晚，就来投宿，余兴非常热情地招待了他。老翁见小孩面黄肌瘦，疾病缠身，但长得五官端正，眉清目秀，不是夭折之相。于是，老人就问了孩子的出生时辰，按着指头算起了八字："小孩五行缺水，而且怕火。如今又遇蛇年，蛇年属火，又逢一年四季最热的六月，即火上加油。如唤名德水，并认北方水神——北帝爷做养父，孩子就会自然生水制火，病情就会逐日好转。桥亭的桥和亭就是北帝爷的草帽和拐杖化的，如果在桥亭附近立观建北帝庙，你孩子的病会马上好转。而且一路福星，飞黄腾达。就整个桥亭的格局而言，都会发生好的变化。邻里之间会更加和睦，街民会过上更富足的生活。"

　　余兴听了老翁的话，给儿子起名德水。孩子的病果然慢慢好转。不久，孩子又恢复了往日的活泼可爱。余兴和白燕想起了老翁的话，为了孩子能够健康长大成人，日后前途无量，也为了报答桥亭乡亲们的厚爱，夫妻俩带着儿子按原路回城里见父亲，要其支持在桥亭建庙立观。

　　大财主多年不见儿子、媳妇，日夜茶饭不思，寝食难安，那种滋味可想而知了。正在家中苦思儿子和媳妇去向的时候，突然见余兴和白燕回来了，媳妇还背着自己的孙子。大财主又喜又怒，大声喊道："以后不准再出走了！再走我就要打断你们的腿！"随即老泪纵横。

余兴和白燕双双跪在父亲面前，陈述他俩几年来的经历，并哀求父亲为了自己的儿子德水能长大成人，光宗耀祖，为了桥亭父老乡亲的福寿康宁而行善积福，资助银两立观建庙。大财主听了儿子一番苦口婆心的话，看着天真可爱的孙子，想到自己年过花甲，"人生一世，草木一春"，人活在世上又是为了什么？家财百万"生带不来，死带不去"，垂暮之年何不把钱捐献一些出去，留个美名在人间？支持桥亭建庙，一来感谢桥亭人对自己子孙两代的关照，二来了却儿子、媳妇的心愿。于是就捐了一大笔建庙款。

三月初二的一个晚上，星光灿烂，火光冲天，全街的男女老少都围绕在桥亭附近的五里坪观看建庙动土的奠基仪式。几个道士手舞足蹈在一张八仙桌前频频起舞，嘴里念念有词。锣声、牛角声震耳欲聋，一对用来旺地的公鸡在笼里不停地叫。凌晨四五点左右，鞭炮齐鸣，正准备捉公鸡杀了祭天地的时候，一条大蟒蛇出现，两只肥大的公鸡见状破笼而出。在场的人都帮忙追赶，人们将要赶上时，公鸡又飞远一段距离。村民们追近时，公鸡又继续飞。最后，公鸡飞到桥和亭旁边的地方就停了下来。人们围了上去。街民也因此知道，北帝爷意思是要把庙建在这里。

不久，一座唐砖宋瓦的庙宇就在桥亭旁边巍然屹立了。北帝庙古建筑气势雄伟，阴阳宇宙对称平衡，稳重美观方正，天一生水。北帝属水，因此取名"天一观"。在天一观前仰望北帝，大有直通北方水神的感觉。天一观具有明清古建筑艺术风格。绘上水草，象征水压火。庙宇正梁上浑金立体木雕刻蛟龙戏凤，象征桥上腾龙，亭前和凤，四周处刻着祥云缭绕。

因为三月初三是北帝爷的诞辰日，桥亭就有了在每年的三月初三这天举办庙会、举行各种民俗活动的习俗，并一直沿传至今。

（张天德收集整理）

青龙与黄龙

古时候，青龙平西大洞这一带是茂密的森林。在大洞大步岭附近的一个山洞里，有两个已修炼千年的犀牛精。起初，两个犀牛精还蛮规矩，在森林里吃青草、木叶。后来它们听说吃一个活人便可早十年成仙。于是，犀牛精便吃起活人来了。

两个犀牛精的妖法很大，想吃人时就从鼻子里吹出狂风，从嘴里吐出云雾和黄水，把人弄昏，然后卷进嘴里咬碎吞掉。它们每次吃了人后就跑去抚河洗嘴巴，洗干净后就回山洞去睡觉修炼，一觉睡一年。一年以后，醒来又出洞吃人。害得附近的人每年到了这时就提心吊胆的，不知它们哪天出来吃人。

青龙风光

犀牛精吃的人多了，抚河的水也弄脏了，水里血腥气冲天。这可惹恼了龙王的两个儿子——青龙、黄龙。青龙和黄龙决定要除掉这两个作孽的犀牛精。一天，犀牛精睡醒了，又溜出山洞使妖法吃人。正在这时，青龙和黄龙持宝剑赶来，犀牛精便凶狠地跟两条龙斗了起来。足足斗了三天，结果两个犀牛精被两条龙斗败躲进山洞里再也不敢出来了。

人们见青龙、黄龙把犀牛精斗败了，纷纷跑来烧香化纸，感谢两龙。可是，两个犀牛精不除，人们还是不放心。青龙想起父王有一个镇妖宝葫芦，便叫黄龙守住洞口，它回去请父王给宝葫芦。很快，青龙借来了宝葫芦。它按照父王的传授，念动咒语将宝葫芦朝犀牛精住的山洞掷去。只听"轰隆"一声巨响，山洞被砸成了平地，两个犀牛精化成了一摊血水。犀牛精被除掉了，人们非常高兴，千恩万谢两条龙。青龙和黄龙快活得忘记立刻念咒语收回宝葫芦，宝葫芦被犀牛精的千年骨血沾糊了，慢慢地变成了一座高山。这便是如今的葫芦顶山。

青龙和黄龙见弄坏了镇妖宝葫芦，怕父王怪罪他们，也不敢回抚河了。青龙在大步岭附近变成了一个土堆，黄龙在昭平入口的河岸上变成一脉山岭。人们为了纪念它们，把那个土堆取名"青龙"，把平乐和昭平交界处取名"黄龙"。

（黄金华收集整理）

青龙公山和婆山

青龙西南面有两座山隔河相对。它们一大一小都在引颈倾向南方。大的叫公山，小的叫婆山。朝南走两三里，到了北辰村。北辰村后耸立着一山叫美女献羞山，旁边紧挨着的叫榜山，东边对立的叫八仙山。相传，这里曾发生过一段有趣的故事。

很久很久以前，有一对恩爱无比的夫妻。丈夫勤劳，妻子贤惠。他们俭朴的生活倒也过得清静舒适。遗憾的是少了个在膝下吵闹的小娃仔。眼看近四十了，还是没有生养。于是，他们到处烧香求神，吃斋许愿，修路搭桥，为人施好。在他们夫妻双双过了五十八岁生日后，老天总算开了眼，让他们得了个宝贝女儿，起名叫"喜燕"。老年得女，老夫妻俩高兴得要发狂了。他们倾尽所有，置办了酒席，邀齐了远亲近邻，大庆一番。

老夫妻将女儿视为掌上明珠，出门抱搂，进门轮流逗，女孩又十分聪颖，让清静的家庭增添了无限的乐趣。时间一天天过去了，小喜燕愈发长得娇羞妩媚。在父母的过分疼爱下，小喜燕养成了任性淘气的性格。到了十七八岁，求婚小伙子踏破了她家的大理石门槛。她只是端坐在闺房里，柳眉一扬，白眼一翻，小嘴一嘟，就把许多痴情的小伙子赶跑了。转眼间，桃花开了二十三次，谢了二十三次，喜燕仍不肯将条件降低，说："能配得上我的人，一要有钱，二要有势，三要才貌双全又忠实。"

有一年，姜子牙把"封神榜"挂到了青龙。一时间，"霓为衣兮风为马，云之君兮纷纷而来下"，观榜的仙人络绎不绝，七彩祥云久聚不散。

一天，东海的八大仙也腾云前来观榜。这一消息传到了喜燕耳里，她想：凭我

青龙公山和婆山

的美貌，一定能令那些仙人们垂青。到那时，什么荣华富贵还获取不得？于是，她连老父母也不告诉一声就偷偷出了家门，奔到榜前，等待着八仙们的到来。

可是，神仙们并不像她想象的那么多情，他们并不贪美色。喜燕绞尽脑汁，想出一计：装出小解，蹲了下来。八仙见了这等下流的女娃，铁拐李扬起拐杖一捅，就把好端端的封神榜轰隆隆地连捅了三个大窟窿。八位神仙扫兴地丢了化身，腾云而去。

这一下，把喜燕吓僵了，身上一股又臭又浊的污水汩汩地流了出来。此后，喜燕化作一座美女献羞山，八仙变成八仙山，榜文变成不齐全的榜山，至今美女献羞山底还流着一泓不可食用的、又腥又臭的污水。

再说老夫妻俩等了几天还不见女儿回来，只好颤悠悠地拄着手杖到处寻找。找啊找，找了九九八十一天，仍不见女儿的影子。于是他们就沿河而上，一路寻找，就在遥遥望见女儿时，轰隆隆，滚过一阵炸雷，把老夫妻俩吓昏了，随即化成了两座化石。后来，化石慢慢增大，就变成了如今的一高一矮的公山和婆山。

（陶真德收集整理）

双狮镇妖

相传很久以前，二塘镇的和平里结村有一条河，叫榕水河。河中有一人面兽身的鬼怪，经常危害乡民。

一天黄昏，有一个姑娘在河边挑水淋菜。突然河中冒起一个、两个、一串、两串的水泡，而后成为大水柱。片刻，一个黑乎乎、鼓睛暴眼、青面獠牙的怪物从水里钻出来，吓得姑娘丢下水桶急忙往回跑。

这事传出以后，人们就手拿弓箭，集结在河边守候除妖。连续守了一个多月，也没有看见它的踪影。因此人们就不相信有什么鬼怪，也就没把这事放在心里。

正当人们把它忘却的时候，妖怪又出来了。

一天，一群天真的孩子正在河边戏水，那可怕的水泡又出现了。孩子们见状拔腿就跑，一个来不及跑的孩子，被它拉入水中吃掉了。

人们又拿起弓箭狩猎。第二天，它一浮出水面，几十支箭一同射出，可它的皮竟硬得射不进去。人们想尽办法对付它，也不奏效。

大家无计可施，就到关公庙烧香跪拜，请求关公显灵除妖。

关公得信后，带着关平、周仓下凡降妖，但不见妖怪踪迹。关公便派关平到地府查找。

关平下到地府请阎王查遍阴间各鬼，还是一无所得。

关公遂将此事告知太白金星，太白金星奏明玉皇大帝，玉皇大帝寻查天上各神，才发现是一个小黑星私自下凡作乱。

玉帝随后派两个狮星下凡捉拿它。

狮子戏绣球

　　狮星下凡一查，发现它住在一个很小的洞中，无法进去，随后禀告玉帝。玉帝也感到束手无策。

　　还是太白金星办法多，请奏玉帝放双狮下凡镇守，别给小黑星再出来作恶。

　　玉帝准奏，便派双狮下凡化成两座山，守住妖洞。

　　太白金星唯恐双狮寂寞，便将一个球化成一道岭，面对狮山，任它们嬉耍。

　　有双狮镇守，妖怪再也不敢出来作恶了。

　　如今，当地还流传着这样一首民谣：

> 里结好，
> 里结住在鲤鱼洲。
> 门前有条江河水，
> 两边狮子滚绣球。

（宋维弟收集整理）

算盘洲

由大发乘船沿桂江顺流而下约两公里的地方，有个沙洲名叫算盘洲。算盘洲在桂江右岸。洲为半圆形，前临江，后依山，山脚下绿草覆盖了半个洲。洲上雀鸟争鸣，蜂蝶飞舞；洲中有鹅卵石带，圆滑如珠；洲边沙粒泛白，如霜似雪。

传说这里曾有一把如意算盘，世人无法算的数，只要用这把算盘一算，很快就能得出正确的答数。因此人人都希望得到它。

一天，有一艘官商货船夜泊算盘洲。官商老板在夜深人静时站在船头观夜景，猛然间看见洲上有一闪光物，便到洲上仔细观看，原来是那把传说中的如意算盘。他喜出望外，心想：有了这把如意算盘，今后就可"生意兴隆通四海，财源茂盛达

大发风光

三江"了。他急匆匆地走过去，正要伸手去拿，不料被盘珠发出的强光照得头晕眼花，身体摇摇欲坠，不能自持，不小心一脚踢翻了算盘。顿时盘散珠滚，有些珠子被踢飞到很远的地方。待他清醒后再看时，如意算盘已无影无踪了。他回到船上将所见经过告知众人。众人大呼可惜，他也只好自叹无福。

那么，盘珠哪里去了？原来是潭中有一螺精，当时正在江边觅食，见盘珠滚来，便吞食了，然后迅速潜入水中。过不了多久，盘珠在螺腹内扩张，螺精感到一阵阵剧痛，最后一命呜呼，变成一块螺纹清晰的螺石，卧在算盘洲头江边，螺口突出水面。又因向上一面较平滑，像铜锣，又叫锣石。

（黄金华收集整理）

太平观的传说

源头镇屯排山自然村,有座鲜为人知的庙观——太平观。

太平观始建于明朝万历年间,距今已有500多年的历史。相传,太平观的建立与一个木匠有关。这个木匠是张家镇蒙山村人,长期在屯排山村做木工活。有一年夏天,连降大雨,河水暴涨。这个木匠有打鱼的爱好,他忙里偷闲,找了副罾子到附近一个叫芦塘冲的地方扳罾。奇怪,今天扳了大半天的罾,怎么连条鱼影儿都没见着,倒是有一段黑乎乎木头一样的东西老是漂进他的罾里来。尽管他把它丢到河

的下游很远的地方，但不一会儿它会又漂回来。木匠烦了，干脆把它捞上岸。待捞上来一看，原来是一尊木雕的菩萨神像。忽然，神像开口说起话来："好心人，我是白帝城庙里的白帝菩萨，是歹人把我从庙里偷了出来，当成宝贝把我贩卖到你们这地方来。由于歹人不小心，过这条冲时，把我弄跌到水里了。我已经在水里泡了三夜了，求你帮我找个安身之地，让我在此安身吧，日后定当报答你的大恩大德。"说完，神像眼里流出了两行眼泪。木匠见状惊愕万分，心想这木头神像竟能说话，定是不凡之物。又见它遭受如此磨难，便说："帮你安身可以，我也不要你的报答。只是日后你能保佑我们这里的三乡四邻的百姓过上太平日子就行了。"菩萨听了，一口应诺。木匠立即在附近的山腰上找了一处不大不小的洞穴，把菩萨安顿了下来。

从那以后，木匠每天都到洞穴里给菩萨烧香供奉。没过多久，白帝菩萨果然显灵，周围的十里八乡出现从未有过的大好年景，五谷丰登、六畜兴旺，百姓安居乐业，一派太平盛世的景象。

（管土福收集整理）

万人锅

在平乐县城寡婆井对面，有座小山名叫界板山，桂江由山脚流过。江水迂回，水深湍急，洪水期漩涡四起，大套小，小助大，死猪活牛被卷进去，霎时便没了踪影。上下船只经过，无不小心翼翼。这就是"万人锅"。

相传在远古时代，一条孽龙闯入桂江，兴风作浪，掀翻船只，吞噬船夫。人们谈龙色变，无不胆战心惊。这一天，补天有功的女娲娘娘驾临桂江上空，法眼朝江面一看，便知有怪物残害生灵。她降临界板山头，大喝一声："孽畜，还不现身送死！"孽龙正在江底洞中休息，闻声大怒，跃出江面厉声道："你休出此言，难道不知本王的厉害？"女娲娘娘蔑视地笑道："有何本事，只管使来。"孽龙头一摇，尾一摆，腾上天空，张开大口连呼出三口气。霎时，天昏地暗，飞沙走石，大雨倾盆。

万人锅

女娲娘娘毫不惊慌，念动咒语，双掌朝空中齐推。"哎哟！"孽龙一声惨叫，已被五色补天石击中，忍痛窜进江中，躲在洞内，再也不敢露出水面了。

女娲娘娘猛然间记起，用来炼石补天的万灵锅尚在身边，如今正好派上用场。便从怀中取出一个茶杯般大小的铁锅，吹了一口仙气，喊声："大！"说来真怪，那锅见风就长，越变越大，转眼间如同一座大山。女娲娘娘将锅往江中一抛，地动山摇，随着一声巨响，水浪冲天而起，恰好堵住了洞口。从此，孽龙被困于洞中，再也不能出来伤船害人了。

女娲娘娘除掉孽龙，救了万民，人们便将万灵锅改称万人锅。

（黄金华收集整理）

香龙的传说

每到春节，在民俗风情浓郁的大发瑶族乡各村各寨，都可看见人们舞香龙贺新春。关于舞香龙，还有个传说呢。

相传瑶族的祖先是一个非常贫穷的人，一年四季靠打柴为生。他有三个儿子。有一年的大年三十晚上，他还拿着柴刀、扁担上山打柴。突然刮起一阵狂风，飞沙走石，天昏地暗，伸手不见五指。他一不小心从山上跌下来，滚到山脚。山脚正好有一个庙，当时东海龙王刚好赴宴回家，突然看见一个人昏倒在那里，他急忙上前施救。龙王先用一粒丹丸给他服下，再给他输元气疗伤，他才慢慢地苏醒过来。

三个儿子见父亲天黑还没有回家，非常着急，连夜拿着火把，把整个山头都找遍了，都没有找到父亲。兄弟们回家入睡后，忽然有个自称是山神的人托梦给他们，讲他们的父亲现在某山脚庙边，叫他们快去把他背回来，是龙王救了他们的父亲。三兄弟醒后，就按照梦中所说的方位找到山神庙边，果然见他们的父亲躺在那里。事后弟兄三人经常烧香拜神感谢龙王的救父之恩。

过去他们生活的地方是十年九旱，很难种下各种农作物。自从三兄弟每日烧香感谢龙王之后，感动了玉皇大帝。玉皇大帝见他们如此真诚，就下令龙王每年要给这里降雨。从此这里风调雨顺，五谷丰登，人们丰衣足食。三兄弟更是感谢龙王，为表示诚意，三兄弟就用稻草编了一条龙，并在上面插上香，故而叫香龙。

每逢新春佳节，三兄弟舞着香龙到各家各户去拜年，用龙王的恩惠祝福村民们在新的一年里吉祥如意、全家欢乐、幸福美满。舞龙时经过庙宇，都要进去朝拜，感谢山神托梦之恩。如此年复一年，一代接一代，流传至今。因为香龙是三兄弟编

瑶民在跳香龙舞

制，因此由三人组成舞龙队。在舞龙时，掌龙头的与家主都要相互敬香以表示祝福吉祥之意：

龙王送你一炷香，合家欢乐又吉祥。

你敬龙王一支香，长寿百岁保健康。

谁给龙王把香插，保他年年有财发。

而今，香龙舞已成为自治区级非物质文化遗产。除过年外，在一些重大节日也对外演出，带给观众们更多的幸福吉祥。

（陶振喜收集整理）

周塘的传说

　　在离平乐县城东北三十多里的地方，有个村子叫周塘。这个村子的居民都姓黎而不姓周，这是为什么呢？原来，在这个村子里，有一个方圆七八十亩的大水塘。村上的房屋就建在大水塘周围，大概这就是村名的由来吧。

　　相传很久以前，这里是没有大塘的，只有一座很大的财主房子。据说这个财主

周塘村

财大势大，但为富不仁，横行乡里，受他欺压的人可多了。乡亲们恨他，可又奈何不了他，只好暗暗求天神来惩罚他。后来，这件事真的被天上的玉皇大帝知道了，玉帝就派了一个神仙下凡查处此事。

一个冬天的傍晚，寒风呼啸，村里人都关门休息了。这时走来一位老人，他看见财主家灯火辉煌，就上前敲门。财主开门一看，是一个穿得肮里肮脏、破破烂烂的叫花子，口中不停地叫着"剩粥剩饭，给一碗吧"，便狠狠地说："我的剩饭给狗仔吃的，你别想吃！"说完把大门紧闭上了。

这时恰好财主家的丫头挑水回来，老人又对丫头说："剩粥剩饭，给一碗吧。"丫头放下水桶，看见讨饭的是头发、胡子全白的老人，很是可怜他，便说："我是丫头，要讨剩粥剩饭得找我主人。"老人没讨到饭，只好拄着拐棍，一跛一跛地走了。

丫头不忍看老人挨饿，便偷偷在桶里装了两碗饭，假装去挑水，悄悄送给老人。老人吃了丫头偷来的饭连夸丫头好心，说将来一定要报答她。

不久，白胡子老人又到财主家讨饭。财主还没等老人说完"剩粥剩饭，给一碗吧"，就说："我家的剩饭是给狗吃的，你要吃，就和狗一起趴着吃吧！"老人只好忍气走了。

谁知，这个讨饭老人就是玉皇大帝派来的神仙。经过一次再次的试探，知道财主确实是心肠很坏，于是就决定惩罚他。

一天，丫头到井边挑水，听见一个声音说："丫头丫头，今天傍晚，你喂猪的时候，如果有条黑狗去舔你的潲盆，你就把它赶得远远的，越远越好。"丫头听见声音而不见人影，心里慌得要命，赶快挑起水走了。

当天傍晚，丫头正在喂猪时，果然有一条黑狗来舔潲盆。她不明白为什么要把狗撵得远远的，只随便把狗撵开一点，一会儿那只狗又回来，她也就不去管它了。这天晚上，什么事也没发生。

第二天早上，丫头去挑水，又听见那一个声音说："丫头丫头，如果有一天，乌云滚滚，大雨哗哗，你看见灶台下面有两根笋子，你就站到灶台上去。"丫头壮着胆子问："为什么灶台下面会长笋子呢？"那个声音说："那是龙角呀！龙一翻身，房子就会沉下去的。我的话你不能告诉别人，不然你会死的。"

　　果然，没过多久，一天，天昏地暗，乌云滚滚，雷声震天，大雨哗哗，人们躲在屋里不敢出来。丫头在灶台上洗碗，她一低头，突然看见灶台下长出了两根笋子，她赶快站到灶台上。只听见"哗啦"一声，地动了，房子摇了。丫头趴在灶台上一动也不敢动。瓦片噼噼啪啪地往下掉，就是砸不到她的头上。丫头被吓昏了。

　　风停了，雨住了。人们从屋里出来，发现财主家的房子不见了，却出现了一个好大好大的塘。可奇怪得很，单单只沉了恶财主一家的房子。穷人的房子一家也没有沉。

　　丫头醒来，发现周围都是水，只有她蹲着的灶台还露在水面。人们发现了她，便扎了个竹排，把她救了出来。丫头把事情的前前后后告诉大家，乡亲们奔走相告：恶有恶报，善有善报，恶人总是要被惩罚的。

　　"周塘"的故事传遍五里八乡，一直到现在。

　　如今，你到大塘边去看，还可看到塘中间有一土堆露出水面约一米多高，大小如同普通农家灶台。据说周塘很深，曾有人用三根长长的竹篙接起来，想探探究竟有多深，居然没有探得到底。大旱年头，用三台抽水机日夜不停地抽也抽不干。老人说，大塘有个通大海的洞。

（贲成雯收集整理）

金峡的传说

桂江南流约八公里，过长滩、白庙滩、黄家上榨和下榨，便进入一个河宽不过百余米、最窄处仅几十米的山峡，这山名叫聚金山，这峡名叫金峡。

很久以前，桂江两岸山高林密，聚金山当江而立。临江一面是悬崖峭壁，怪石嶙峋，石壁缝隙间的常青树奇形怪状。峭壁下一个大山洞横卧江中，桂江水流经此处，只能从大山洞中通过。整座山势似是从江面上筑起的一座大厦，略向外欲倾入江心。

聚金山峭壁下除了有一个碧水深潭，近水处还有一凹深数米、长约十米的半岩。这个岩是当地渔民休息、补网和放养鸬鹚的理想之地。

长滩金峡

相传一只青蛙精路过聚金山，看到崖壁上有闪光的金石，被这里的美景吸引，于是就占据了山洞。可恶的蛙精不仅占洞，而且还经常吞食过洞鱼虾和渔翁串在筏尾的鱼。后来鱼虾不敢从这洞经过，蛙精因为断了荤腥食物，就吞食过洞渔人。蛙精还经常到附近瑶族村舍去食畜害人，搞得人心惶惶，人们的生活不得安宁。

瑶族首领几次派出猎人去伏击这只蛙精，都没有成功。许多猎人还被这只蛙精咬死了。首领心急如焚，一筹莫展。

瑶族首领的儿子金冬从小就非常勇敢，也很善良，部落里的人都很爱戴他。

金冬看见父亲整天愁眉不展，就问他什么原因。首领把事情的原委告诉了儿子。金冬听说蛙精占洞阻路吞食人畜，怒火中烧，决心降服蛙精为民除害。

他自告奋勇向父亲请求，让他去除掉这只蛙精。首领虽然知道儿子既机智又勇敢，力气也很大，但这只蛙精太凶残狡猾，他不愿意让儿子冒这个风险，所以说什么都不答应。

第二天一早，族人禀告首领，说金冬不见了。首领知道儿子已经去找那只蛙精了，十分担心，连忙派人去蛙精出没的地方寻找金冬。

金冬背着弓箭，手提神斧来到洞前，大声喝令蛙精出来送死，蛙精闻言大怒，先吹起一股黑风，继而窜出洞来。双方刀兵相见，从水里打到岸上，斗得天昏地暗，飞沙走石。

当寻找金冬的人找到金冬时，他已与蛙精连斗了三天三夜。金冬打得蛙精遍体鳞伤，蛙精自知不是对手，再吹起一股黑风，闪身窜回洞中，再也不敢出来。金冬见状，立即手举神斧向大山劈去。这一斧从山顶一直劈到山底，霎时天崩地裂，蛙精当场毙命。立在江心的大山也被劈成两半，金冬向左一拖，把神斧提了起来，河流畅通，江水滔滔，形成了左低右高的一个峡谷。

为了纪念为民除害的瑶族青年英雄金冬，人们便把这个桂江畔上最窄、最险之峡，称为金峡。意为金冬为民除害的侠义之心就像聚金壁上的金石闪闪发光，照亮世代瑶族人民的心。

（李芳收集整理）

昭州酒

关于果实花木之酒，陆作蕃著《清稗类钞·粤西偶记》有如下记载："粤西（广东的西部）平乐府山中多猿，善采百花酿酒。樵子入山，得其巢穴者，其酒多至数石。饮之香美异常，名曰猿酒。"书上提及的平乐府山中猿酒，在我们平乐，民间流传着这样的传说：

相传久远以前，在大发瑶族乡四冲村的瑶山里，住着两位瑶族老人。他们原本住在山谷下，房子被山洪冲垮了，在山头上重建了泥墙茅屋。住在这里，远离村人，但房子四周种果种菜开地方便，放牛也方便。老头子与老婆子你恩我爱，倒也不觉得孤单清寂。老头子为了让老婆子上下山方便，他每次下山时，就顺路搬回来两块石头砌石阶。几年下来，一条石阶路就从山下蜿蜒上山到了家门口。远远看，就像是架了个天梯。每次两人一起去打柴割草，各自担一担回家，老头子总是一到家放下担子，就掉转头回去接过老婆子的担子。老头子一个人进山去干活，老婆子总在家煮好热饭热汤等着。只要看见丈夫踏进家门，老婆子心里就会泛起一股怜惜之情，赶紧把温热的洗脸水端来，让他洗去一路的风尘疲累。再把饭菜摆上桌，让可口的食物除去他身上的寒气或暑气。老头看到老婆端上桌的热菜热汤，就像被阴雨笼罩了多日的人突然看见了太阳一样，脸上总会露出舒展的笑容。

一日，他们正准备吃饭时，老头子从他进山带的背篓里取出那只装水解渴的竹筒，往老婆子和自己的碗里各倒了一碗"水"。倒出来的不是日常的水，而是颜色酽红，还有股浓香直奔鼻子而来的液体。喝下一会儿，身子渐渐有种变暖、变轻、变软、变舒坦了的感觉。而老婆子的脸颊也染上红晕，增添了一种妩媚娇羞之态。

祈 福

老头子喝了之后，看老婆子的眼睛更亮更热，话也更多了。老头子告诉老婆子，这是猴子酒。是今天砍柴的时候，进了猴子的巢洞，看见它们堆放花果的岩坎里，花果沤泡渗出的水，闻起来很是香甜，便用竹筒取了些回来。两人把竹筒里的酒，喝了一碗又一碗。老头喝着喝着，还唱起了曲儿：

> 清晨太阳照，莲花水中睡。
>
> 阿哥水边唱歌用树叶吹，
>
> 阿妹洗衣忙哎，笑声多清脆。

老婆子依偎在老头子身旁，头枕着老头子的臂弯，听着老头子唱的曲儿入神。堂屋地上烧的火光照着她的脸，恍如回到少女时光。老头子身上也似乎在滋长着一种力量，第二天干活也格外有劲。自此，老头常去猴子的洞穴里装酒回来，夜里两人一起共饮唱曲，醺醺忘我，宁静的日子多了份快活。

可就在他们以为这样的日子还可以过很长的时候，一日，老头子进山干活却再也没有回来。老婆子寻到山里时，只见他剩下半个脑壳在草丛里，一旁还丢着他的那个背篓和那只装水的竹筒。老婆子哭天抢地，伤心至极，失了魂似的踉跄着回了家，带回了那背篓和竹筒。竹筒里装的，正是猴子酒。老婆子取了那竹筒，一个人把里面的酒喝了。那天夜里，她梦到了老头子。从此，她想老头子了，便去猴子的洞穴里取那酒，喝了酒便能梦见老头子，梦见老头子在呢喃呼唤她的小名："九儿……"

后来，猴子迁徙了，老婆子再也取不到酒了。可她实在是想喝了酒与她的老头子在梦里相会啊。于是，她脑子一激灵，学猴子做起酒来。她用一个缸子，把山果放进去，盖上。过了一些时日，开盖，果然闻到了那熏人的酒香。试了一次之后，渐渐地，她越来越顺手得法，做出来的酒更香更醉人。她喝了这酒，就忘了悲伤，忘了孤单，就会在梦里看到老头子温暖地向她笑。于是为了一年四季都有酒喝，她做酒做得更勤，用来做酒的花果原料随着四季变化更多样。那些野山葡萄、糖刺果、桃金娘、杨梅、青梅、山楂、枣、桂花、梅花、曼陀罗花、莲花，这些不同季节的花果，被腌出不同色和味的酒：野山葡萄酿的色泽最美，桂花酿的香气最浓，莲花酿的既色美又味香……她喝了酒与老头子相会的那些梦，也常常因为不同的酒，梦里也有了不同的色彩。她酿酒的时候，会觉得老头子就在一旁陪着她，看着她，让

平乐泡酒

她感到十分甜蜜。渐渐地，她对酿酒越来越着迷。酿出的酒喝不完，她就把它们分给村里人喝。村里人喝了，那些病痛缠身的、早年丧子的、被夫君遗弃的、与别人心生嫌隙的……种种愁苦烦恼，仿佛都在喝酒时得到些许解忧释怀。渐渐地，越来越多的人爱上了此酒。他们向老婆子讨教方法，自己也在家酿酒。天长日久，酒传到越来越远的地方。从平乐到广西、广东乃至全国，大家都知道广西有个昭州，当地的人喜酿酒，尤善酿花果酒，以曼陀罗酒、莲花酒最为知名。

对于昭州酒的盛名，史上有文字记载：北宋景祐年间，昭州知州梅挚诗《昭潭十爱》其九：

> 我爱昭州酒，千家不禁烧（俗名酒谓之烧）。
>
> 缥醪（酒名）一爵（盅）举，瘴疠四时消。
>
> 红叶和云踏，青帘（酒旗）傍水招。
>
> 化浓民自醉，鼓腹（吃饱袒肚）日歌尧（尧舜，太平日子）。

到了明代，亦留下和莲花酒有关的小故事：平乐张太守赠酒顾璘。顾璘，明弘治年间进士，仕至南京刑部尚书。正德年间顾璘从开封府贬至全州知州，在全州写下了《谢平乐张太守惠莲花酒》诗，描写了诗人饮莲花酒时的洒脱情形：

> 暮冬雪寒风飘飘，湘城冻酒甜如蜜。
>
> 倾杯欲饮得推去，空对江山坐终日。
>
> 漓江太守神仙人，双罂远致莲花春。
>
> 开轩晓起试三爵，顿洗百斛胸中尘。
>
> 高歌梁甫曲，脱却渊明巾。
>
> 眼前万事底须问，且从烂醉陶吾真。

（陆志华收集整理）

李太和月饼的传说

每当说起沙子太和月饼，那黄澄澄、亮晶晶、香喷喷的月饼仿佛长了翅膀，从人们的脑海中飞出来。那色香味俱全的月饼仿佛被施了魔法，吸引了南来北往的客人。

说起太和月饼，还有个传奇故事呢。

很久很久以前，茶江河畔住着一户姓李的人家。李家有个儿子叫牧歌，因为家境贫穷，已二十出头仍未娶亲。他们靠种田打柴为生，虽然日子过得清苦，一家人和睦相处，相依为命，恬淡安然的生活倒也过得有滋有味。

有一年南方发生百年未遇的洪涝灾害，大水冲毁了田地房屋。一夜之间，许多人成了身无分文的乞丐，飘泊天涯。由于没有粮食，道路上经常遇到饿死的行人。为了生存，一股流亡大军从广东向广西一带迁移。疾病和饥饿，像豺狼虎豹夺去了很多人的生命。尽管如此，每天仍能看到乞讨的人蚁行而来。

这天牧歌和往常一样，背着柴刀上山砍柴。他砍完两捆柴时已日薄西山。为了在天黑前赶到家，他捆扎好柴火，用扁担串起，挑着柴火大步流星地往家赶，终于在夜幕降临前回到官道，他舒了一口气。这里离家仅有两里路，他从小在这里长大，闭着眼睛也不会走错。

他走着走着，忽然感觉脚被什么东西绊了一下。他打了一个趔趄，差点摔倒在地。低头一看，有个黑乎乎的东西挡住了去路，竟然是一个人躺在地上。他放下柴火，摸摸那人的鼻翼，微微有气呼出。他急忙将水壶凑近他的嘴唇，倒了一口水给他喝。半晌，才见那人悠悠睁开眼睛，断断续续地说："饿……饿……"说完，又晕了过去。

李太和食品厂

　　纯朴善良的牧歌看到这个昏迷的人，怜悯之心顿生。他想：救人一命，胜造七级浮屠，这是修阴功。他连忙将这个人扶起，背回家中。牧歌父母看见他忽然背回一个昏迷的人，连忙问究竟。牧歌简单地把发现这个人的过程说了一遍。李母烧了姜茶，煮了一碗稀饭，给那人喝下。吃了饭，那人终于有点精神了，慢慢睁开了眼睛。牧歌扶他坐起来。他靠在床沿上，告诉牧歌他是广东佛山人，叫庞举，四十五岁。近来发生百年难遇的洪涝灾害，他家的房屋被洪水冲毁，家里人也被冲得无影无踪。他只身逃出，因未带盘缠，只能从广东一路乞讨走来，欲投奔在桂林的一位亲戚。因为数日没有进食，饿昏在地，幸亏牧歌救了他。牧歌安抚他，叫他住下，先把身体养好再说。

　　由于连日饥寒交迫，庞举病倒了。他身体虚弱，一副病恹恹的样子，走路有气无力，仿佛一阵风就能把他带走。李母叫牧歌去山上找来草药，让他外洗内服。经过李氏一家人十多天的精心照料，终于把他从死亡线拉了回来。但由于长期营养不良，庞举身体仍弱不禁风。为了彻底治好他身上的痼疾，李母将家里生蛋的母鸡杀了，给庞举进补。经过一个多月的调养，庞举终于恢复了健康。这天，他神采飞扬地把李氏一家叫到跟前，对他们说，牧歌一家救了他的命，大恩不言谢，他准备走了。看到他们一家为了生活起早贪黑劳累仍吃不饱，穿不暖，心中过意不去。他祖上曾是皇宫的御厨，愿意把祖传的绝艺传授给他们，让他们以此谋生。

庞举叫牧歌找来纸笔，把制作月饼的秘方写在纸上，叫牧歌按秘方采购制月饼配料。牧歌向亲友借了钱，买回面粉、砂糖、食用油、瓜子、芝麻、果仁等配料，经过混合、搓捏、上模、烘烤等工序，一个个光滑锃亮、色泽鲜艳的月饼做成了。月饼馅料不同，有莲蓉、叉烧、豆蓉、什锦、五仁等，口味也千差万别：莲蓉月饼皮薄油润松化、饼馅柔滑甘香、甜味深沁人心；火腿月饼表面呈金黄色或棕红色，外有一层硬壳，油润艳丽，千层酥皮裹着馅心，这种月饼既有香味扑鼻的火腿，又有甜中带咸的诱人蜜汁，入口舒适，食而不腻；豆沙月饼口感同样出色，具有浓郁的豆香味……

月饼做出来后，满屋飘香，邻居闻到那香酥诱人的味道垂涎欲滴，纷纷跑来品尝。他们津津有味地吃着刚出炉的月饼，都赞不绝口。一传十，十传百，李氏月饼就传开了。

从此，李氏把住房改建成月饼坊，改行卖起了月饼。

有一年大旱，沙子附近庄稼颗粒无收，闹起了饥荒，许多人面临死亡的威胁。李氏月饼坊了解到这种情况，他们慷慨解囊，把用来做月饼的十多袋面粉全部做成小果月（月饼的一种），免费发放给灾民，让他们渡过了难关。

人们没有忘记李氏乐善好施、仗义疏财的义举，每到中秋节，纷纷到李氏月饼坊购买月饼。李氏月饼坊有感于发家致富起源，取名为"李太和"月饼，有太平、和睦之意。

（邱军生收集整理）

珠山、螺山和笔架山

在源头一带流传着圣山二仙姑的故事。

二仙姑法力无边，善良慈悲，深为穷苦人称道。据说二仙姑成仙前曾与一个穷家后生相爱，到后来，双双成仙升天了。

与二仙姑相爱的后生叫大石。大石和二仙姑是邻村人。他天性少言寡语，和人说不上几句话便面红耳赤，是个规规矩矩的娃仔。

大石五岁那年，妈妈得了精神病，因家穷没钱及时治，成了一个痴呆妇。大石的父亲是个老实得像老黄牛的烧炭佬。

大石长到十来岁还没有读过书，天天跟着爸爸上山砍柴烧炭。逢圩日大石也挑起小炭篓跟爸爸去卖炭。俩仔爷拼死累活，日子勉强过得下去。二仙姑家劳力少，生活比大石家更穷。二仙姑从小就因聪明伶俐和勤快出名，乡亲们亲昵地叫她做二仙姑。大石很喜欢二仙姑，一有空就跑去和她玩，帮她做些轻活。大石家有了好吃的、好用的，大石总爱送些给二仙姑。逢年过节，大石家没人做粑粑，二仙姑总是忘不了送些来。

天长日久，两颗幼小的心慢慢连在一起了。

有一天，大石和爸爸在山上挖炭窑时，挖穿了一个地洞。洞里有一大缸闪闪亮的金子，乐得大石父子俩连嘴都合不拢。父子俩拜天地后，用炭篓装上金子，上面盖上树叶，高高兴兴地回家了。

回到家，父子俩倒为不知怎么处置这么多金子发愁。大石想到二仙姑聪明大胆，便去请二仙姑想办法。

珠　山

　　二仙姑见大石父子对自己这样信赖，便对大石说："你先把部分金子埋好。剩下的金子分作几次卖了，先把妈妈的病治好，砌座新房，再去读书。"

　　大石照常跟爸爸去砍柴烧炭，并不想去读书。大石家得了金子的消息很快传开了，这给大石家带来了灾祸。一个漆黑的深夜，一群强盗闯进了大石家，将大石父母杀死，把大石家所有值钱的东西都抢光，走时还放火烧了房屋。大石因拉肚子蹲茅坑才侥幸活了下来。因大石家是单家独户，等乡亲赶来救火时房子已被烧毁了。大石哭干了眼泪。父母、房屋都没了，他变成了一个孤儿。乡亲们都很关心他，争着叫大石到自己家住。

　　大石舍不得离开家乡，更舍不得离开二仙姑。二仙姑为了使大石去读书，便对他说："你不去读书，今后永远不要跟我好了！"大石无奈，只得听二仙姑的话，取了埋在地下的金子，准备出山读书。临离家时，乡亲们送了很多衣裤和吃的，他都不要，只收下了二仙姑送的一个装水用的葫芦。

　　大石挥泪离开了家乡，去山外求学了。二仙姑送了他三十里远。想到这一去归期不定，相见不知何日，两人难舍难分，相抱大哭。

分手间，二仙姑从路旁捡了一个田螺送给大石，吩咐道："你不管到哪里，都要养着这个田螺，见到它等于见到了我。好吗？"大石双手接过田螺含泪点头。二仙姑又把大石送的金珠还给他。大石不肯要。二仙姑说："你出门无依无靠，实在没吃喝的时候，把金珠拿去换钱可帮你渡过难关。"说完将金珠往大石手中一塞，哭着往回跑了。

大石眼见二仙姑没了人影，才一步三回头地洒泪前行。

大石独自往北走了大半天，来到一个山坳上，放下简单的行李准备坐下歇口气。突然，他看见前面不远的一块岩石旁蹲着一个衣衫褴褛、蓬头垢面的老人，正有气无力地低声呻吟。大石觉得老人很可怜，便走过去俯身向老人探问道："老伯爷，你是不是病了走不动啦？"

老人微微动了一下身子，连眼皮也睁不开，吃力地告诉大石：他是个讨饭的叫花，因生了病，已饿了几天。大石想到自己也没带吃的，只好取下葫芦喂了几口水给他喝。

喝了水，老人的嘴巴不那么干了，眼睛也睁开了。他见大石不过十一二岁却独自出门，就问大石去哪里。大石听了老人的问话，心酸的泪水又流了出来。他哭诉了家里的不幸，还把此番出外求学取功名的打算告诉老人。听完了大石的话，老人告诉大石，他家三年前遭火灾，除了他一人外，全家老小都被烧死了。他年老力衰，无依无靠，只得讨饭糊口。

螺山

大石听了老人的话，"哇"的大哭起来。一直哭了半个时辰，才停止。

大石见老人病得不轻，便背起老人吃力地往山坳下走去。大石背着老人走走歇歇，一直到天黑才来到村外。他把老人安置在一座土地庙里，自己跑进村，好不容易请来一个老郎中给老人看病，开了药。他求人给了个瓦罐，急急忙忙为老人熬药，熬好药又一口口喂老人吃。

第二天，老人的病略有好转，说话也顺气些了。他很感激大石的救命之恩，便对大石说："小兄弟啊，多亏你救了我这条老命哪！我一个穷叫花子生死没关系，不要因为我误了你的前程。"

大石见老人孤老无靠，不忍丢下他，又想自己没了父亲，便想认老人为父。老人开始不答应，后见大石一片诚心，就答应下来了。

大石认了老人为父后，更是全力照料老人。过了三天，老人的病全好了。大石见父亲病好，心中很高兴，便带上他起身又往前走，想赶快找个先生教他好好读书。

一天，父子俩来到一个集镇，见一个书摊摆出很多经书诗集，老人叫大石把那些书全买下。大石听从老人的话，买了一担书。老人把大石带到镇外的一座荒庙住下，教大石念起书来。

大石见自己认下的父亲竟是一个识礼的先生，喜得流下了眼泪。从此，他和老人又是父子，又是师生，亲近得如同亲生父子。

老人教书很有方法，对大石教训很严。大石头脑清静，没有丁点杂心邪念，老人所教诗书，他过目不忘。

过了一段时间，大石很想念家乡，更思念二仙姑。他按二仙姑说的话，把田螺养得好好的。每当他思念二仙姑的时候，就望着田螺出神。每当见到田螺，好像真的见到了二仙姑似的。大石的相思泪流了出来，滴到了田螺的嘴上。

不久，老人看透了大石的心思。他劝慰大石，小小年纪应以读书为重。大石对老人的话很是听从，学业日渐精进。

一天，老人问大石："你读了书后想不想去考官？"大石一时没有答。他想家乡的穷乡亲，他们连吃穿住都不保，更谈不上读书，他要回乡办起学堂，教乡亲们读书认字。想到这些，大石说："不想。"

笔架山

老人问他为什么不想做官，大石把自己所想的对父亲讲：考大官只是自己荣华富贵，乡亲们世代受苦，自己做官心不安。同时还告诉父亲，日后他想回家乡设馆授学。老人听着无声地笑了。

转眼之间七年过去了。大石长成了一个健壮的小伙子。七年来，他潜心苦读，现已能出口成章，动笔成篇，学问很深。

见大石学业已成，一天，老人对大石说："你出家读书已七年了，二仙姑在家盼你等你恐怕连心都碎了。你既无心做官，还是回家去吧！"

大石见父亲说穿了自己的心思，便收拾书担，和父亲一起离开了住宿七年的荒庙，南返归家。

大石多年不干重活，少走动，走了三天，已气力不从，累倒了。因劳累过度，大石惹上了重病，两人只好找了个破庙暂且歇歇，等大石病好再赶路。

大石病得很重，终日茶饭难咽。老人亲自找草药熬给大石喝。喝了一碗老父煨的药汤，大石便安然睡去了。

睡梦中大石听见老人对他说："大石呀，你生就仙身异骨，有纯良的仙心。我考察你七年之久，知道你道德高尚，现在便超度你成仙了。"老人说罢，道声："我先走了！"便飘然无踪了。

大石欣喜地醒来，睁眼四看，哪里还有老人的影子。他惊出了一身冷汗，站起来感到从未有过的舒服，病也全好了。

他记起梦中老人对自己讲的话。如果自己真成了仙人，正在等着自己的善良美丽的二仙姑又怎么办呢？而且成了仙就不能在家乡设塾授课了。想到这，心里便生出许多烦恼来。最后，大石还是决定回家去看看。

书担不见了，身边只剩下一个布包，里面有一台银笔架和瓷缸养着的田螺。还有七年前他送给二仙姑，二仙姑又送回他的那颗金珠。他知道是神仙老人为了让他尽快成仙升天才把书担带走的。

大石想试一下自己是否真成了仙，便指着不远的一座山说："大山啊大山，你能变成匹大马驮我回家该多好啊！"话刚说完，那石山真变成了一匹活蹦蹦的大白马跑了过来。他背上书包，跃上马背，马便向南飞奔而去。

一眨眼工夫，圣山便可望到了。大石忘情地呼唤着二仙姑的名字。他的呼声传得很远很远，在空旷山谷中荡起阵阵回声。

突然，圣山洞里出现了二仙姑。她远远答应着："哎！大石，我回来啦，我成仙了！"

听二仙姑说她也成了仙，大石心中既惊奇又欢喜。他大声地说："我成仙啦，你等我回来吧！"他大腿一夹大白马便飞了起来。

大白马跑到离圣山还有十多里的一座小岭前停了下来。大石正要拍马越岭，又听见二仙姑在圣山上说："大石呀，你莫赶马。你既已成仙，还要凡间的东西做什么？快丢下吧！"大石不忍丢下笔架、田螺和金珠。他大声告诉二仙姑，要在家乡设塾授学。二仙姑笑道："你把你读书用的东西丢在地上，日后人们自会去求学的。你成仙了，还照样可在天上帮助他们做各种事情呀！"大石听了，心灵开窍，丢下了包中的东西，直飞圣山跟二仙姑相会了。

大石丢下的马变成了源头下坝村的马山。金珠、田螺和笔架变成了源头的珠山、螺山和笔架山。三座石山立于一大片平地中，与圣山隔岭相望。

后来，珠山、螺山一带世世代代都出读书人和做官人。也许是大石和二仙姑在天上相助呢。

（唐红明收集整理）

九板桥的传说

两岸群山倒影，沙江流水潺潺。一座由九块花岗岩条石架起的石桥，横跨在同安镇东五里外桃村旁的沙江上。这就是闻名故里的"九板桥"。

为何此桥只架有单数的九块条石，而不架双数的十块条石呢？桥面上至今还依稀可见一个个"仙人掌"，又是怎么回事呢？说来还有一段传说哩。

很久很久以前，这里江面架的均是木板桥。由于沙江洪水经常暴涨，一次次架设的木桩被冲垮，宽厚的木板也被冲走。后来，人们将木板桥改为青石板桥。谁知石墩和青石板年深日久，经不起洪水冲刷而崩塌。往来商旅受阻，行人望江兴叹。地方官吏和土豪劣绅就以架石桥为名进行募捐，搜刮钱财，中饱私囊。钱筹上来了，却建不好桥。正当人们唯官府是问时，地方官又一次抓来一批石匠和民工重新建桥。民工石匠们不堪苦役，有的逃上马鞍山参加农民起义队伍，向官绅造反。有个叫莫老八的石匠，他拥有祖传的打石条手艺，这次带头造反，上山成了头目之一。一天晚上，他梦见一个白发公公告诉他："你们要惩治贪官恶霸，除非上大冲山南朝庙前的莲花池取麻条石架桥，才能永保坚固。但要先与官府清算工钱，订好契约，写明十天可把麻条石取下将桥造好。他们如抗拒交出搜刮的钱财，我自有办法惩治。"第二天，莫老八与兄弟们商议后，带领人马下山将官吏抓来是问，并按白发公公讲的办法向其重述一遍。贪官听后只好答应，将纹银五百两拿出来作打麻条石的人工和建桥经费，并提出要到现场看看。当这个贪官与众人到莲花池一看时，一个个像小山样的大麻石埋在大水冲里，即使选一个最小的，用尽平生之力去搬，也难搬动。这时，贪官幸灾乐祸地说："十天期限怎么能打出石条，即使打出来也抬不下山。说十天能架好桥更是异想天开。"这时，人群中一个老石匠站出来说："你敢不敢打赌？我们要是十天内能建好每块石条长二丈、厚一尺多的石桥，你就赔一千两纹银；架不成，我们人工钱不要，另赔上纹银五百两。"贪官心想，这还不好办，量你们也架不成。于是他满口答应，双方立下契约。

第二天，贪官就拿出了一千两银子。老石匠叫莫老八选派九九八十一个成人，加上二九十八名石匠，趁九九重阳节这天好日子立即动工。石匠们打麻条石，其他人清理河床，加深石桩柱。莫老八每天都督工，和大家一起干。清点人数时，都有一百人在干活，可是在吃饭时，总剩下一个碗一双筷子无人拿。莫老八怕自己眼花了，第二天再详细清点，一数仍有一百人。但吃饭时只有九十九人，出主意的老石匠总找不到。眼看期限快到了，麻条石只打了两块。大家正在为难，苦苦思索。这时莫老八又做了一个梦。白发公公告诉他："莫要着急，只要坚持干，工夫是不负有心人的。"说完，一道闪光往莲花池射去。

九板桥

次日早晨，石匠和民工上到莲花池工地一看，啊！十条麻石板都打出来了。大家高兴得跳起来。但又怎么弄下山架上桥墩呢？他们高兴了一阵又转愁。正在苦于无计时，一个青年提议说："大家织竹缆，用铁丝索，竹杠串起，八人抬一块，二人放滚木筒，边抬边顺势滚下山。"说干就干。用此方法确实将十块麻条石滚到了山脚。这时，大家才发现，最后一块只有一个人放滚木筒。一个人却坐在石头上满面笑容。大家没好气地说："我们汗水不知流了多少，你怎么坐在上面图快活？还不快下来出力，早点抬到河边。"说也奇怪，待这个人下来时，所有的人竭尽全力，麻条石就是滚不动，也抬不起。莫老八想到白发公公托的梦和好几天来一连串怪事，突然醒悟地说："好了好了，我们打赌建桥，有神仙助威、龙王保驾。还是让这位活神仙坐上去吧！"这青年听了也不答话，乐哈哈地坐上麻条石。这时，众人好像脚下生风。不一会儿就轻松自如地将十块麻条石抬到江边。桥架成刚好是第十天。

贪官不信石匠和民工能在十天内架好石桥，带了土豪劣绅来看，面对十块麻条石架好的桥，贪官惊得目瞪口呆。瞬间，贪官双眼一翻，蹬上一块麻石哈哈大笑起来，说："我这一千两银子你们只能得到九百两，有一百两是假货，你们上当了……"话声未完，"轰隆"一声巨响，他站的那块麻条石断落入江底，贪官也葬身鱼腹，一命呜呼。众劣绅一个个呆若木鸡。

原来这是河神爷的老同赤脚大仙对恶人的惩罚和对穷人的支持，欠一百两银就缺一块麻条石，这是对贪官污吏永远还不清劳动人民血债的见证。现在石板面上依稀可辨认出"仙人"的足迹印。传说就是赤脚大仙在惩罚贪官时留下的脚印。

（乐天美收集整理）

平乐民间故事

人物传说

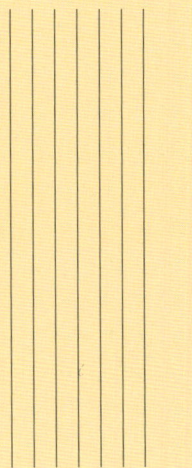

妈祖与榕津

　　妈祖，又称天后、天妃，是东南沿海一带的女神。自古以来，善男信女们将她当成观音菩萨一样顶礼膜拜，祈求她大慈大悲，救苦救难，永保平安。因此妈祖庙香火鼎盛，香烟缭绕，红烛高烧，终年不断。

　　千百年来，榕津人为什么也一直信奉妈祖，他们和这位海上的保护神有何渊源呢？这里还有一个故事呢。

　　不知道是哪朝哪代的事了。这一年，榕津的春天来得特别早，桃花绽开了笑脸，榕树长出了新叶，榕津河碧波荡漾。然而，榕津人哪里知道，在这春光明媚的日子里，一场灾难正悄悄地降临在他们的头上。

妈祖节盛况

　　这天清晨，村南一位叫廖三的村民，牵着牛、扛着犁去田里耕田。刚走出村口，突然觉得胸口发闷，头昏眼花。他以为是偶感风寒，便转回家中，吩咐老婆煮了一碗姜糖水，喝罢便蒙头大睡。他老婆也认为是小毛病，心想让他发一身汗就会好的。

　　谁知廖三这一觉直睡到掌灯时分，还不醒来。老婆煮好晚饭，进房唤醒丈夫。廖三随老婆来到饭桌前坐好，端起饭碗还未咽进一口，突然腹中热气汹涌，直往喉头上窜。他强按不住，一张口便呕吐开来。就这样，廖三上吐下泻，吃了两剂药也止不住，折腾到天明，便一命呜呼了。

　　廖三的老婆噙着泪，在村邻的帮助下，草草地埋葬了丈夫。晚上，她坐在油灯下，想起丈夫生前的好处，想起今后孤儿寡母，如何生存下去？想着想着，眼泪不知不觉又涌了出来。正在她伤心的时候，听见儿子的西厢房里有响动。她赶紧推门一看，不觉吃了一惊。只见十岁的大儿子，像丈夫发病时那样，爬在床沿呕吐不止。她一头冲出门，急急忙忙请来村中的郎中。老郎中替儿子把完脉，问过诊，摇摇花白的脑壳，长叹一声："准备后事吧！"

　　第二天，廖三的老婆又悲悲切切地送走了大儿子。然而，灾难并未到此结束。两天后，小儿子也出现了那可怕的症状，挣扎不到一天，也随着父亲和哥哥去了。廖三的老婆还未从悲痛中醒来，也染上了这种怪病，命归黄泉。更可怕的是，病魔不仅仅缠住廖三一家，而是在榕津上空徘徊，随时都在攫取村邻的性命。先是替廖三家抬棺安葬的村邻，脚跟脚地死了四个。后来四处蔓延，十天之内便有20多人走上了奈何桥。一刹时，榕津村内阴风惨惨，哭声震天，连山川都失去了颜色。村民们对天朝拜，恳请神灵降临，消灾除难，救榕津人于水火之中。

　　这天中午时分，一位中年道姑，沿着青石小街缓缓走来。这道姑身穿绛红道袍，手持拂尘，慈眉善目，全身透出一股超凡脱俗之气。她见整条街香烟缭绕，纸钱纷飞，人人脸上露出惊恐之色。道姑暗想，这地方山川秀丽，理应是歌舞升平，却为何有此惨景？她法眼一观，知道是瘟神作怪，涂炭生灵，便找到村中老者，如实相告："老丈，贫道从福建莆田来，姓林。我见此地有瘟神作祟，如不驱赶，百日之内，村中怕是只闻鬼嚎，不闻人语了！"老者听罢，双膝一屈，跪倒尘埃，哀求道："我们也是从福建、广东迁来的。敬请师太施法驱邪，救村民逃脱此难。我们定会为你塑就金身，子孙万代祀奉不息。"那道姑微微一笑道："老丈此言差矣！出家人慈悲

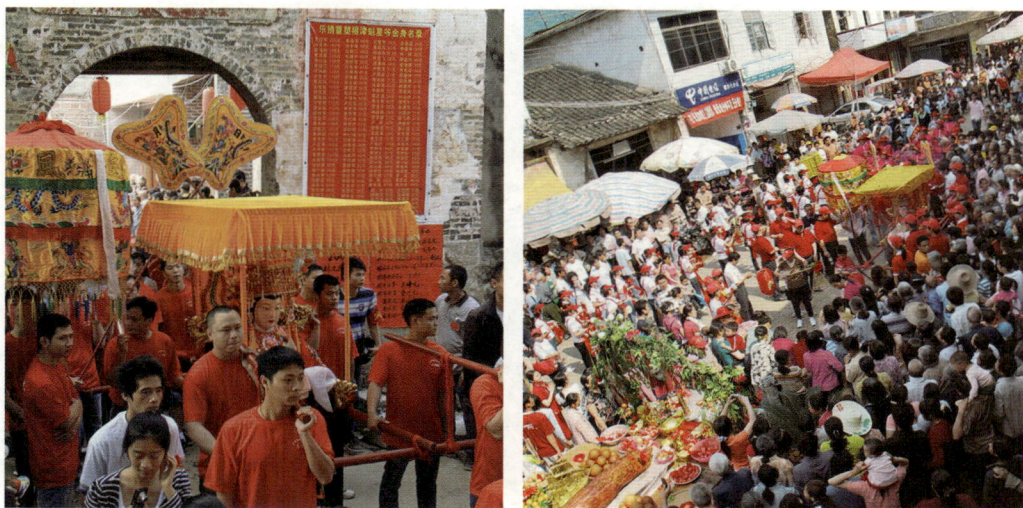

妈祖节庆典活动

为怀，瘟神残害众生，贫道岂能坐视不管？你速去通知村邻，到榕津河边汇集。"

仅一袋烟工夫，河边便围满了来看道姑驱赶瘟神的村民。只见道姑口念咒语，将拂尘朝河面划了三下。猛然间，平静的河水无风起浪，波浪中射出一道黑光，腾空而上。那道姑大喝一声："孽畜，哪里逃！"随即化成一道红光，射上天空，与黑光纠缠在一起，来回滚动。不一会儿，红光越来越亮，映得河水都红了。黑光被红光包围着，左冲右突，越来越弱。最后，拼命一冲，冲出红光的包围圈，急急地往西窜去。红光在空中旋了几旋，化成一朵红云，那道姑端坐云头，朗声道："瘟神已逃，速将贫道施了法的榕树须加入河水，煮沸服下，可保平安！"言毕，驾动红云，飘然而去。

村民们依照道姑的嘱咐，喝了榕树须水，瘟疫便不再复发。榕津人铭记承诺，要为道姑塑造金身。可是，谁也不知道她是何方神灵，总不能胡乱安一个法号吧。猛然间，那老者记起了道姑曾说她从福建莆田来，姓林，她一定是妈祖娘娘。村民们都赞成老者的推测，于是便给妈祖塑就金身，供于粤东会馆内。每年农历三月二十二日，是妈祖的诞辰，榕津人便抬着金身游遍全村，祈求她显灵应验，永葆榕津风调雨顺，五谷丰登。

（张琴收集整理）

平乐民间故事

宾公巧遇鬼谷子

很久很久以前，圣山上古木参天，荆棘丛生；上有悬崖峭壁，飞瀑幽涧；四周猿啼鹤唳，虫鸣鸟叫。一条曲径未到半山便突然折断。上山打柴的樵夫也只能到此便打道回府，回望苍茫巍峨的高山嗟叹山高路陡而未能行也。

峰顶，几棵古松虬枝盘扎，繁叶交织，足可遮天蔽日。树下一张方形石桌、两张圆形石凳光洁透亮。桌面摆放着一副围棋，棋子更是亮得耀眼。

一阵山风拂过，峰顶顿时升腾起一团紫雾。不一会儿，雾气四散，忽有两位白发银须的老者拂袖捋须，翩然而至，盘膝坐在石凳上，心无旁骛地对弈起来。

不知什么时候，石桌旁多了一位围观的樵夫。他头发蓬松，衣服破旧，腰间捎带着一把明晃晃的斧子，站立于桌的一旁，专心致志地观看着两位老人下棋。大概

圣 山

是他从来没见过这么高水平的对弈，以至于完全忘了时辰。不经意间，他发现自己的胡子竟然长至胸口，这才回过神来，摸摸腰间的斧子。怎料斧子已经变得锈迹斑斑，斧柄也蛀了虫。他顿时愕然。其中一位鹤发老者抬头捋须，对樵夫笑问道："来者何人？"樵夫看着眼前两位有着仙风道骨之气的老者，估计不是寻常人，也不敢怠慢，便一五一十地将自己如何来到这的原因娓娓道来。原来这樵夫姓宾，人称宾公，家住圣山脚下，家有老有小，都靠他打柴维持生计。平时，他在山脚下就有砍不完的柴，但不知怎的，这次他沿着小径走到半山也没看到一根干柴。无奈，他只好继续往山上找，一路荆棘划破了他的衣服，刺伤了他的手和脸。因找柴心切，他顾不了那么多，仍然钻过一个个荆蓬，越过一条条山涧，攀过一块块陡石，不知不觉地到了山顶……两位老人听完他一番话，捋须含笑不语。

"天时不早了，我，我也该回去了，告辞！"樵夫拱手与两位老人作别，扭身欲走。忽然，树丛中传来一阵嘶嘶之声。冷风袭过，让人瑟瑟发抖。嘶嘶嘶，又是一阵可怕的声音响起。只见树丛中爬出无数条长蛇，吐着信子正朝宾公逼近。宾公瞬间被吓得脸色煞白，急忙逃至两位老人身后。

"哈哈哈哈……"老人仰头大笑。

宾公又急又怕，一个劲地紧靠鹤发老翁，扯着他俩的长袖大声呼道："前辈救我！"

"畜生，下去！"其中一位老翁厉声喝道。说也奇怪，长蛇像听到了什么指令似的，顿时收敛着身子，不敢上前，只在原地懒懒的蠕动着。宾公大惊，心知眼前两位老翁绝非常人，便求他们施法呵退长蛇，好让自己平安回家。

"好吧，我且送你一样东西。如遇长蛇，见小就挑，见大就留，万不可将之打死。切记切记！"说完，这老翁长袖一挥，他的手里便多了一根龙头木杖。宾公接过木杖谢辞两位老翁。他手持木杖，见大蛇就挑，恨不得把它们甩远些，哪里还敢留着大的。被挑的大蛇瞬间就消失得无影无踪。而留下的小蛇也只有一两尺长。一路上倒也平安无事。

宾公回到家，一家老小既喜又惊。

"这三年你都去哪了，我们都以为你……"宾母说着说着，已是泣不成声。

宾公这才知道自己离家已经三年了。他安慰着老母，继而把在山上所经历的事情从头到尾细说了一遍。一家人又愣了半晌。

一天晚上，宾公做了一个梦。梦中又见到那位送木杖的老翁，他略有不悦之色，道："我再三嘱咐你，切莫将大蛇挑走，你却不听。殊不知蛇乃龙子龙孙，其大小意味着为官的品级。如今大虫已被你挑到外地去了，注定以后此地出不了大官了。唉，也罢！"继而老翁换了一种温和的语气说道："我乃鬼谷先生，欲将道术传与有缘人。山上一遇，已是有缘，所送木杖乃千年老龙之脊梁骨，吸收了日月精华、大地灵气，能驱恶避邪。以后待你行法时，可助你一臂之力。只可行善，不可为恶。切记切记！"说完化烟而去。宾公醒来时，天已大亮。他悔不听老人之劝，犯下了天大的错。只是如今后悔也来不及了。龙杖？对，不是还有龙杖吗？他立刻起身寻那龙杖。梦境太玄了，真假难辨，何不验证一下？他想着。忽然，他眼前闪过一道道金光，竟有无数法术绝学源源不断地涌上心头。太神奇了，他抑制不住兴奋俱告知家人。

此后，他凭着这门绝学常给四方乡邻占卦，竟也十分准。

话说一位财主经宾公指点，将老祖选葬在一块风水宝地，家境越发的好。一年清明节，财主在祖坟前扫墓祭祖。祭祀活动空前盛大，吸引了许多乡邻前往观看。宾公也带着孙子上前去看热闹。活动接近尾声，财主将要离开之时，命家丁们给到场的每一位乡邻发赏钱。轮到宾公时，家丁看他衣着破烂，旁边的小孩又流着鼻涕，脏兮兮的，全然一副穷苦人的打扮，甚是不屑，拿出一吊钱冷眼道："喏，拿走。"

宾公接过赏钱一看，竟然只有别人的十分之一那么多。他心里非常不痛快，就问家丁原因。家丁有些恼了，这穷老头也敢质问他们？于是很不高兴地说道："有得给你就算我家老爷看得起你了。你还想怎么着，拿着赏钱快走吧。"

宾公也不生气，和声道："既然这样，那请赏我两个包子充饥吧。大老远的来了，也没带干粮，现在肚子饿得咕咕叫了。"

家丁没想到这穷老头那么难缠，更加生气了。但又不敢明着把宾公赶走，也不好说骂人的话。但包子是祭祀之物，怎么能分给这么个穷老头吃呢，多不吉利呀。

"不行，祭祀之物怎么能给你？"家丁说道。

宾公也不说什么，最后想讨口水喝。家丁没说什么，转身就从洗碗的盆子里舀了一瓢污水递给宾公。还戏称那是上好的水，喝了之后可以养颜健身、延年益寿呢。

宾公庙

这回可真激怒了宾公。好你个财主，这坟地还是十几年前我为你相到的呢。如今你发了，非但不知道报恩，还养了一群仗势欺人的看家狗。今天见我这番打扮便瞧我不起，故意刁难。既是这样，我也要给你点颜色看看。他心里虽这样想着，但仍然不露声色，轻声对孙子说："我们走一走就回家吧。"于是一手携着孙子，一手拿着龙杖绕着财主的祖坟走了一圈。走到坟尾时，拿起龙杖朝坟尾一戳，顿见一股殷红的血水从龙杖插入处涌出。家丁一看，知道是因为刚才怠慢了宾公，才惹得宾公发怒戳坏了穴脉。这祸可闯大了，直吓得他们面色发青。家丁回去后没有一个人敢在财主面前谈及此事。但从此之后，财主的家道却是日渐衰落了。

宾公继续为乡邻们占卦、看地。每天拿着龙杖到处游山玩水，圈圈画画，日子过得倒也自在。有一次，他念着法，将龙杖一划，眼前的山竟然会像人一样走起来，让乡邻们惊羡不已。人们也渐渐知晓他遇仙得道之事。

圣山上，来了一拨又一拨想碰运气的人，却无人能再遇白发仙翁……

（黄小芳收集整理）

黄秀才与李商隐的故事

　　唐朝时期，著名大诗人李商隐来到平乐做代郡守。刚来时，由于听不懂平乐话，就想招一个当地的文人做幕僚。消息传出，那些对李商隐仰慕已久的文人骚客纷纷报名。桥亭的黄秀才也闻讯报了名。面试那天，师爷问黄秀才："你是哪里人？"黄秀才恭敬地回答："我是桥亭人。""桥亭我知道，据说那地方'水浅地头薄，有事各顾各'，民风不是很好哦！"师爷有意无意地讲。"师爷此言差矣，桥亭'水浅地头薄'不假。但师爷可曾听讲'地薄长仙草，水浅出蛟龙。'"黄秀才不卑不亢的回答顿时

商隐公园一角

引起了师爷的兴趣。"既然这样，我就出个上联，你来对下联。我的上联是'无金无银，桥上栽花假富贵'，请对下联。"黄秀才略一思索就答道："我的下联是'有情有义，亭前种竹真平安'。""好，对得不错，我再出一联，你能对上我就收你了！"李商隐边说边从屏风后面走了出来，指着府衙上的牌匾道："一张匾，五个字，为官要清正。"黄秀才听后不慌不忙地指指心口："三更鼓，两面锣，做人凭良心。"黄秀才因此成了李商隐的幕僚兼学生。

李商隐在平乐当了五个月零八天的代郡守，调离时要黄秀才跟他一起进京。黄秀才因故土难离，与师辞别，回家做了教书先生。

（张天德收集整理）

智斗饶西杂技班主

一年一度的六月初二庙会又到了。这一天是青龙乡平西村传统的祈福庙会。祭天地、拜神灵，祈祷人间风调雨顺，五谷丰登，来年无灾无患，男女老幼四季平安。这庙会一年一小祭，三年一大祭。当年是大祭之年，因而特别隆重，也特别热闹。

一大早，卖货郎已布满了平西村街头巷尾，卖猪肉的，卖木耳香菇的，卖油盐酱醋的……买卖的人们来来往往，把本来不宽敞的平西上、下两条街挤得水泄不通。更热闹的还是村中央魁星楼前的坪子里。整个坪子熙熙攘攘，人声鼎沸。大戏未开场，小戏先登台。湖南来的猴子戏班，首先在魁星楼前的坪子左边开了锣，人们唰地围了一大圈，里里外外挤了好几层人。接着浙江的木偶戏班，在坪子右边也开场了，人们听到孙悟空棒打白骨精的怪叫声，纷纷站在木偶戏台前观看。

不知什么时候，"哐哐哐……"悦耳的锣声在魁星楼最前面的大榕树脚下敲响了，看热闹的人们又哗地奔了过来，里三层外三层，把整个戏班围了个大圈圈。只见一个像是班主模样的人，光着头，赤着上身，满脸络腮胡子，腰带勒得紧紧的，肥腻的大肚皮罩住了宽大的腰带。那人挂出一面旗子，上面写着"江西饶西杂技班"。接着，那人一手拿着铜锣，一手拿着锣锤，双手抱拳，向四周围的人作了个揖，操着江西口音，大大咧咧地说："列位，请了。"他清了清嗓子，接着又说："我们从江西饶西到你们广西的平西村，千里迢迢，万水千山，一路上耍了上千场把戏，没有一场不爆满的，没有一场不被叫绝的，可谓是江西第一耍，江南第一班。今天，首次来到贵地，要给各位饱饱眼福，开开眼界。"说完"哐哐哐"敲了三锣，就把锣心向上，双手抱拳说："各位各位，先赏个脸。一文、两文均可，多者不限，有钱给

平西粤星楼

现钱，无钱站过那边。"说完把铜锣交予一个小徒弟，叫小徒弟向四周围看热闹的人要钱。

丁十公也挤在人群中，听了那班主的话，心有不悦。觉得这闯荡江湖之人，不懂江湖规矩，异地他乡，怎敢说出这样的大话来。即使有天大的本事，也该谦让一些才是啊！人们想看看这班主到底有多大的能耐，就一文两文地向盆子里丢钱。不一会儿，铜锣盆子就递到了丁十公面前。丁十公嘴里含着长烟筒，对那小徒弟说："我看把戏，有个习惯，先看戏后给钱，耍得好双倍付钱，耍得不好，半文也心疼。"执意不肯拿钱。班主听了，走了过来，上下打量着丁十公。见他衣着褴褛，冷笑着说："你这老头，想是身无分文吧？何必也来凑热闹占便宜！"丁十公敲了敲烟筒里的烟灰，慢条斯理地说："我过的桥比你走的路多，吃的油比你喝的水多，见过的班子也不少，却不像你这班子的架势。地盘是我的，想走就走，不想走嘛，你十人八人也抬不动，你能把我怎么样？"班主无奈，只得由他罢了。

把戏开始了，班主第一个拿手好戏是"无土栽花"。班主拿出一个空木盆子举起来，在众人面前晃了晃，就把盆子放在地上，大声说："大家来看呀！这盆子什么也没有，等会儿我让这盆子长出一簇簇鲜花来。大家耐烦地等一等呀！"班主岔开两腿，摆出马步，运足力气，两手在前后抢了两圈。然后右手向天空，像是要从远处抓来什么似的往盆子里放，一连抓了三次。接着左手从另一方向伸出来，又从远处抓了三次，放进盆子里。抓完了，耸了耸两肩，吸了一口大气，大声喝道："出！"果然盆子里慢慢长出一株兰花来。细长嫩绿的叶子慢慢长高，叶子丛中还慢慢长出一束束花蕾，即将开放。正在这时，不知从什么地方跑来两只大公鸡，来到花盆前，大口大口地吃着花叶子，还跳上盆子，三爪两爪把花根扒得稀巴烂，还把盆子踩翻，倒扣在地上，就"咯咯咯"地飞走了。众人见此，不禁哈哈大笑。

第一个把戏不成功，班主有些不好意思，双手抱拳，对着众人赔礼说："抱歉抱歉，不知哪家的公鸡没关好，糟蹋了我的花，不打紧，我们再来看下一个。"只见班主拿了一对小巧玲珑的形似鸳鸯状的瓷壶子，举起来对着众人说："下面要耍的叫作'鸳鸯试水'。我要让这只公鸳鸯壶试来一壶好酒，是酒是水你们可以尝尝，准会比你们家的米酒香得多。这只母鸳鸯壶，我会让它装满一壶茶水，若是不信，也可尝尝。"说完，班主打开壶盖子让众人看过，然后把那对壶子放在桌面上。班主摆开架势，双手从远处抓来抓去，一直往壶子里放。还未等班主做完功夫，天空中忽然飞来两只大鹞鹰，对准两只鸳鸯壶子，箭一般俯冲下来，把两只壶叼走了。鹞鹰扶摇直上，飞向远方。众人见此，不由得哈哈哄笑。有人把拇指和食指塞在嘴里，吹起了响亮的牛鬼哨，整个场面一片混乱。

班主对突然袭来的鹞鹰束手无策。心恐此地必有高手在与自己较量。他尽量安静下来，想想对策。只见他急忙打开箱子，取出两条红布带子，一头系上碎瓦片，放到嘴边吹一口气，嘴里念念有词，在空中用力旋转，然后朝着鹞鹰飞去的方向抛出。红布带子紧紧跟着鹞鹰追去，掠过大榕树顶，飞过大雅塘，紧追两只鹞鹰。见状，丁十公立即退出人群，急忙向家里奔去。众人仰望天空，目光随着鹞鹰飞去的方向移动，心情既兴奋又略带紧张，有好戏看，但又担心鹞鹰被两条红布带子追着，被缠住。

丁十公刚回到家，两只鹞鹰就飞进屋子里，尾随而来的两条红布带子也落了下来。红布带子刚落地，就化成两条大蟒蛇，足有茶杯口粗，六七尺长，嘴里吐出红舌子，很快地爬进了丁十公家。家里的客人被惊吓得大叫："有蛇，有蛇！"丁十公不慌不忙，用他那长烟筒头对准大蛇的五寸一敲，伸手捏起的是两条红布带子，放进了衣袖里。

班主见红布带子未追着鹞鹰，想到山外有山，天外有天，强中自有强中手。自己初来乍到，人地生疏，还目无旁人，口出狂言，得罪了高人，心里不是滋味，暗自后悔，打算赔礼道歉，要回红布带子。这红布带子是师父遗传下来的信物，若再扯两条新的，那可是顶替不得的。没有了红布带子，就意味着班子里没有班主，班子就要解散。

班主带着一徒弟，径直来到丁十公家门口，刚想进去，抬头看见门头上悬着一个大鹅卵石磨盘盖子，石磨盖子只用一根灯草吊着。沉重的石磨盖子把灯草拉得细长，吱吱作响，眼看就要被拉断。班主见此险情，吓得满头直冒冷汗，慌忙往后退，霍地跪在地上不断磕头，连声说："前辈恕罪，高抬贵手，饶我一次！"丁十公慢慢从屋里走出来，对班主说："江西第一耍，江南第一班，怎地向我求饶！"班主说：

"我等有眼无珠，初次到来，敢有冒犯，得罪前辈，求前辈宽容，交予红布带子，在下情愿拜您老为师，万望高抬贵手！"

丁十公见班主确有认错诚意，心中的不快也就消除了。门头上的石磨盖子也瞬间消失了。丁十公扶起班主师徒二人向屋里走去，来者是客，倒茶敬酒。丁十公把红布带子交还班主，班主再三致谢，并拜丁十公为师。

（莫际吉收集整理）

莲花山与二仙女

在很久以前，生活在长滩、桥亭、青龙、二塘一带的人们和睦团结，耕田种地，管护山林，饲养家畜，放牧牛羊，衣食无忧。到处呈现一派安安宁宁、欣欣向荣的景象。

忽然有一天，天昏地暗，电闪雷鸣，接着滂沱大雨下个不停。不多时，河水暴涨，泛滥成灾。这是怎么回事？原来是恶蛟在作怪。这恶蛟本是天上的一条水蛇，因为偷吃了玉皇大帝的龙肝凤胆而犯了天条被贬下凡间，落入桂江。这水蛇不敢在大江里混，只能藏身于一个山涧，修炼千年后，化身为蛟。本来这水蛇成了蛟之后，只要继续修炼，也可成龙，但它劣根不改，贪婪成性，为了满足它的胃口，竟然残害起当地百姓。

云雾中的莲花山

　　开始，百姓们不知老天爷为什么发怒，都纷纷在家里烧香磕头，央求老天爷别再下雨了。正当人们苦苦哀求的时候，那条恶蛟在风雨中现身了，只见它身长数十米，张开血盆大口，翻卷着长长的舌头，恶狠狠地对老百姓说："你们每天在太阳落山、夜幕降临时都要送十副猪、或牛、或羊的心肝，以及一缸好酒来这地方供我吃喝，否则我就要兴风作浪，淹没庄稼，让粮食绝收，饿死你们，然后吃你们的心肝。"百姓们非常害怕，只得答应了它的要求。那恶蛟见人们答应了它，便收了妖魔法术。雷雨交加的天气立即变得风和日丽了。

　　恶蛟走后，百姓们只好各家各户每天轮流宰杀牲畜，把心肝装盘送到山上供恶蛟吃。日子过了一天又一天，一月又一月，没多久，各家各户饲养的牲畜越来越少了，乃至供不应求。百姓们无不忧心忡忡。长此以往，哪一天牲畜被吃光时该怎么办？恶蛟还是天天要，而且量越来越大，原来一天吃十头牲畜的心肝，现在却一天要吃二十头牲畜的心肝。老百姓唉声叹气，愁眉紧锁，但又没有一点办法。

　　有一天，有个很漂亮的女郎中走村串寨，免费为百姓看病。这位女郎中医术很高明，不管什么样的病，只要几针扎下去就好了。在行医的几天中，女郎中发现了一个奇怪的现象，当地人每餐都是猪牛羊肉。这女郎中就觉得很纳闷，心中揣摩为什么这里的人们生活过得这样好，家家户户都有吃不完的肉？大家告诉了她事实真相，女郎中微微一笑说："原来这畜生跑到这里来祸害百姓，看本仙姑好生收拾它。"于是对百姓们说："这是一条蛇精修成的恶蛟，不能再任它继续作恶祸害百姓了，要把它除掉。"人们听她这么一说，都很高兴。但他们仔细瞧瞧女郎中后不免怀疑起来，就凭这么个年轻漂亮的女孩，能把恶蛟除掉吗？女郎中没等人们说出来，仿佛看透了他们的心思一样，笑着对大家说："我有办法除掉它的，只要你们今晚多备些牲畜的心肝和度数最高的好酒送去就行了，大家也不要为我担心。"

　　天黑时，也就是该给恶蛟送食的时候，人们就按女郎中说的去做。那恶蛟肚子还真饿了，见地上摆了这么多的东西，并伴有美酒的香味，立即垂涎欲滴。于是张开血口，把头伸进酒缸大口吸咽。同时大快朵颐新鲜的牲畜心肝，那真是风卷残云，不一会儿工夫二十头牲畜的心肝就全被扫光。也许是烧酒下肚起作用了，只见那恶蛟摇头晃脑几下，伸伸懒腰便倒头呼呼大睡起来。这时，女郎中从打着火把看热闹的人群里走出来，伸手从衣袖里掏出个拳头般大小的玉莲花置于掌上，深深地吸了一口气，向掌上的莲花吹去。说也奇怪，霎时间那十二瓣的玉莲花立即随风变大并飘浮起来，化作一座山峰，一下就把恶蛟压在了山底。那恶蛟还在美梦中便永世不能作威作福、祸害百姓了。

人们见这情景，个个都惊呆了。等他们回过神来想要谢谢女郎中的时候，却已经不见女郎中人影。大家四处呼喊，只听头上有人说话，抬头一看，正是那女郎中站在一朵发光的祥云上，向大家挥手告别。这时大家才明白，原来这女郎中是仙女下凡，难怪法力无穷，收拾恶蛟不费吹灰之力。于是大家便呼啦一下全跪下磕头致谢。只听见仙女在半空中说："我是玉帝的二女儿，这次到人间历练，除治病救人外，还专门清除那些为非作歹、祸害百姓的妖魔孽障，保四方平安，让人人安居乐业。现在那恶蛟被莲花压住了，这莲花是由大圣宝公观世音菩萨、大圣化公泗洲菩萨、大圣朗公广音菩萨、大圣唐公弥勒菩萨和大圣志公妙音菩萨共同炼制，威力无边，这恶蛟永远也不能作恶了。你们以后就放心种庄稼，好好过日子吧。"说完那朵发光的祥云载着二仙女慢慢升高向远方飘去了。

从此，平乐境内就多了座连绵二塘、桥亭、青龙和长滩的大山，因是莲花所化，故取名莲花山。莲花山有十二座山峰，十分巍峨。人们为了感谢和纪念二仙女，就在莲花山顶修建了一座二仙殿，又名仙姑殿。每年的八月初三，据说是二仙姑的生日。这天，各地的人们都会来到二仙殿祭拜二仙姑。有的人甚至提前一天就到殿中守夜，唱山歌，第二天更是多达数万人，令莲花山热闹非凡。因镇妖的莲花来自五位菩萨，于是，人们在莲花山脚又修建了一座五公庙，长年香火鼎盛。

（张天德收集整理）

小山桃

很久以前，在平乐一个偏僻的小山村住着一户人家。爸爸两年前去世，妈妈带着儿女一双，艰难度日。女儿山桃才七岁，小儿子未满三岁。妈妈忙里又忙外，既当妈又当爹，沉重的生活担子压得她喘不过气来。这还是小事，更要紧的还要提防会吃人的猿绒婆。听说小山村背后的深山里藏着一只会扮成女人的猿绒婆，常常半夜三更来敲门。一旦进了门，它就会抱走婴幼儿吃掉。后山李二奶奶未满周岁的小孙女，就是被猿绒婆吃掉的。因而整个小村子人心惶惶，大人们都不敢出远门，更不敢外出过夜。每天天未黑，就把门关得严严实实的，如此提心吊胆地过日子。

有一天，有人捎来信儿，说是小山桃的外婆摔伤了腿脚，叫妈妈回娘家看看，顺便采些草药回来。外婆家路很远，得走一天的山路。一天一个来回，即使是身强力壮的男人恐怕也赶不回来，更何况自己是个女人。这可把妈妈急坏了。去吧，家里无人照顾，儿女年纪小，不懂事，担心出事；不去吧，自己出嫁这么多年，由于路途遥远，平时就很少回娘家孝敬爸妈。如今爸妈老了，偏偏这时候娘又摔伤了腿，也不知摔得是轻是重。不去看看，做女儿的心里怎么过得去！咋对得住亲妈，街坊邻里的闲言碎语怎么躲得过，往后，面子搁哪儿？翻来覆去，左思右想，最后决定：无论如何，得去看看受伤的妈妈。

天刚亮，妈妈叫醒了女儿，再三叮嘱："妈妈今天去看外婆，明天才能回来。你在家里要看管好弟弟，晚上要闩上门，千万不要乱开门……"吃过早饭，妈妈就匆匆地走了。

半夜时分，"嘭嘭嘭、嘭嘭嘭！"果然有人来敲门。小山桃被急促的敲门声惊醒，

沙子风光

吓得连忙蒙上被子，气也不敢喘。外面的叫喊声越来越响："女儿，妈妈回来了，快开门。"接着又是"嘭嘭嘭、嘭嘭嘭"的敲门声。小山桃蒙在被窝里，心咯噔咯噔地乱跳，害怕极了：妈妈临走时说过，今晚要在外婆家过夜，如今有人敲门，莫不是猿绒婆真的来了！不开，不开，千万别开门。

"女儿，快开门！妈妈真的回来了。"窗外，猿绒婆压低嗓门，学着女人的声音又喊起来。"咦！是妈妈的声音，妈妈真的回来了！"小山桃心想。"您等一下，我就去开门。"小山桃很高兴，掀开被窝，急忙爬起床，准备去开门。刚走了两步，又一想：不对，妈妈说过明天才能回来的。这半夜三更，妈妈一个人是不敢走夜路的。这叫门的到底是真的还是假的呢？外面月色朦胧，看不清东西，怎么办呢？对，我得先试探试探再说。小山桃走到窗下，说："你真是妈妈吗？那你把手伸进来，让我摸摸，我就开门。"猿绒婆听了，急忙把手从窗子伸了进去。小山桃用手一摸，连忙说："你不是我妈，我妈戴着玉石手镯的，你快走。"过了一会儿，门"嘭嘭嘭、嘭嘭嘭"又响起来，接着又有喊叫声："女儿，快开门，妈妈回来了，不信，你摸摸妈妈的手。"猿绒婆把手伸进窗里，小山桃摸到了猿绒婆手上戴着的"镯子"。小山桃觉得不对，不像是妈妈的玉镯子。原来，猿绒婆听说妈妈手上戴着玉镯子，就四处寻找，不知在什么地方找了个竹筒圈儿，套在自己的手上，来哄骗小女孩。哪知小山桃不上当。小山桃接着对猿绒婆说："你把头挨近窗子，让我摸摸你的头。"猿绒婆不知是试探，就把头挨近窗口，小山桃伸手一摸，连忙说："你不是我妈，我妈梳着龙凤髻，龙凤髻上还插着金丝呢！哪像你头发乱哄哄的。快走，快走！"戴上"手镯"还瞒不过小女孩。一计不成，又生一计。听说妈妈头上梳着龙凤髻，还插着金丝，猿绒婆又四处乱找，找来一根麻线，把头发理了理，然后扎起来，再插些野花野草，又去敲门。"嘭嘭嘭、嘭嘭嘭！""女儿，快开门，妈妈真的回来了。不信，你摸摸妈妈头上的龙凤髻！"猿绒婆把头挨近窗口，让小山桃摸。小山桃摸了摸，说："龙凤髻是有了，可妈妈说过，不能乱开门的，等天亮了再说吧！"

好不容易挨到了天亮。小山桃从窗子往外一看，看清了猿绒婆的真面目。只见它浑身长着黄黄的绒毛，锋利的爪子，龇牙咧嘴。虽然它打扮成人样，但还是遮盖不住它的凶恶本性。小女孩想：今天不把它擒住，以后还会危害别人。于是，她让弟弟蹲在柜子里，吩咐弟弟不要怕，不要哭，然后锁上房门，手里拿着大梳子，不慌不忙地开门走了出去。猿绒婆见小女孩手拿着的好像是一把大刀，惊慌地对小女孩说："女儿，清早起来拿着一把大刀做什么？"小女孩说："这是梳子，不是刀子。妈妈清早起来，第一件事就是梳头，难道你忘了吗？"猿绒婆听说是梳子，这才放下心来，说："是，是，是。第一件事是梳头。"小女孩走到桃花树下，对猿绒婆说："这儿空气好，在这里很舒服。快过来，我帮你梳头。"猿绒婆为了能得到小弟弟，小女孩说什么，猿绒婆都乖乖地顺从。小女孩爬到树上，假装帮它梳头，抓住猿绒婆的毛发，一缕一缕地缠在树枝上，想缠住猿绒婆，然后叫来邻居，将猿绒婆捉住。没想到，被猿绒婆发现了，用手抓住缠在树枝上的毛发，一边扯，一边挣扎，竟把树枝给拉断了。这一招，没能把猿绒婆缠住。猿绒婆生气地对小女孩说："你这样给我梳头，梳得我的头又痛又乱，真难看。"小女孩说："不难看，不难看。不信，你进屋里用镜子照照。"小山桃打开妈妈的房门，让猿绒婆进去。猿绒婆刚进到房里，小山桃就急忙关上门，把猿绒婆锁在妈妈的房间里，然后在窗外对着猿绒婆说："你过来，让我看看你的头梳得好不好！"猿绒婆不知是计，就站在窗下仰着头往外看，小山桃手里抓了一把石灰，对准猿绒婆的眼睛，用力撒了进去。不偏不倚，一把石灰蒙住了猿绒婆的双眼，痛得它嗷嗷大叫，什么也看不见了。小山桃急忙叫来邻居，商量怎样除掉这个害人精。经过一番商议，他们终于想出了一个好办法。一会儿，一个扮装成卖眼痛药的人吆喝着走过来，一边摇着拨浪鼓，一边叫喊："卖眼痛药啰！卖眼痛药啰！"猿绒婆一听，有救了，就叫小女孩快开门。小山桃开了门，用一根长棍子牵着猿绒婆的手，向外走去。猿绒婆一边走，一边问："卖眼痛药的在哪里，快救救我呀！"小山桃说："在这里，你抓住棍子跟我走吧！"小山桃牵着猿绒婆来到了深井旁边说："在这里，你先等一下。"卖眼痛药的与小山桃会了会眼神，然后，一起用力把猿绒婆推下了深井。他们还找来木板，盖住井口，上面压上石头。除掉了害人精，他们长长地嘘了一口气。可小女孩的胸口像揣着只小兔子，跳得厉害，于是，她坐在地上一动也不动。

傍晚时候，小女孩的妈妈真的回来了。邻居们兴高采烈地围拢过来，把小女孩的妈妈团团拥簇着。他们一个个翘起大拇指，齐声夸奖小山桃，都说小山桃人小志气高，沉着镇定，机智勇敢，为我们除掉了害人精，真不愧是女中英雄呀！听了众人的话，看了儿子安然无恙，她紧紧地把女儿搂在怀里，热泪不禁夺眶而出，簌簌地滴在女儿的脸上……

邻居们把猿绒婆从井里打捞起来。他们咬牙切齿地说："你这个害人精，害得我们好苦啊！今天，死也不能让你尸首完整！"他们拿来大刀把猿绒婆分割成一块一块的。其肢体有的被丢到岭上，有的被抛入水中，还有的就晾晒在地里。第二年夏天，丢在岭上的竟长出叶柄毛茸茸的、长叶子两边全是牙状的黄茅草；抛入水中的则变成缓缓蠕动的金边大蚂蟥；而晒在地里的却变成了人人见了都毛骨悚然的毛毛虫。邻居们见了那些可恶的东西，都痛恨地说："猿绒婆害人的本性不移啊，生前是害人精，死后是害人虫，真的是坏透了。"

（邱军生收集整理）

叶达丰自责护古榕

榕津的古榕树，能够保留到现在，很多老一辈的人都做过努力。首屈一指的当推叶达丰。

叶达丰是清末榕津的盐商，生意做得风生水起，富甲一方。他为人乐善好施，在村中威望极高。他主持制订的乡规民约中，就有这样一条："凡损坏古榕者，轻则罚款，重则鞭笞。"然而，谁也想不到，这罚却"罚"到他自己头上来了。

榕津古榕

那是他雇请的一位新伙计惹出的事端。他家养的一头猪病了，新伙计便割了一把榕树须，捋了一篮榕树叶，准备熬水给猪喝。村邻发现了，将他扭送到村长面前，要村长主持公道。

村长问明情况，沉思了一会儿，说道："他既是叶家新雇的伙计，想必不知道规矩，才损坏了古榕。那就给他个教训，罚他背熟乡规民约吧！"这是村长念及叶达丰多次资助乡里，给他个台阶好下。

村长万万没想到，叶达丰不领他的情，亲自找上门来，责备他处理不公。叶达丰说："从古榕下经过的外乡人，何止千万。如果他们都以不知道规矩为理由，长年累月，古榕定会体无完肤，九死一生。"他燃起一袋烟，吸了两口，继而又道："叶某管教下人不严，理当处罚。一是将此人立即解雇；二是罚我出资，将三处泥沙埠头用青石重铺。"村长一听，连连摆手："叶老板，第一条可行，第二条你是代人受过，使不得，万万使不得！"叶达丰正色道："不罚在下，难以服众，我意已决，不必再劝。"

就这样，叶达丰请村长督办，重修了三处水埠头，既方便了村民挑水、洗涤，又给榕津增添了三道景致。叶达丰死后，那位伙计又来到榕津，开了一家店铺。经他所述，村民们才知道事情的真相。原来，他的所为，其实是叶达丰指使的。解雇他只是为了遮人耳目，叶达丰还赔偿了他一笔钱，叮嘱他不要张扬。叶达丰就是要借他之手，达到既保护古榕，又修好埠头的目的。

叶达丰自责护古榕的举动，成了一种爱乡护乡的美德延续下来，这才使榕津古榕群枝繁叶茂，万古长青。

（黄金华收集整理）

才女梁文韵

清道光、咸丰年间，在平乐县进士梁卓英家中，出了一位十二岁能诗，有多篇诗作留存下来的奇女子梁文韵，她堪称平乐为数不多的一位才女。

梁卓英共育子女四人，梁文韵为其长女。梁家是世代书香门第，自然不会囿于世俗观念，在父亲梁卓英的支持下，尽管是女孩子，梁文韵也能够和家中其他男孩子一样接受良好的教育。据民间传说，梁文韵天资聪慧，读书能够过目不忘。还在十多岁时，她就已对古诗词显示出浓厚的兴趣和非凡的作诗天赋。梁文韵的父亲梁卓英性好游历，能诗擅画，曾经多次与友人一道出海游历，并根据自己在海上的游历生活画了一幅《乘槎泛海图》。梁文韵看了父亲的这幅画，说："父亲大人的画好是好，只是少了题跋，未免显得有些美中不足。"随即提笔蘸墨，在画上题写了一首诗。诗云："几人得附守真徒，笑傲烟霞即镜湖。莫漫忘筌嘉钓叟，何须识字责田夫。

桂江风光

谁吟踏雪寻梅句，自作乘槎泛海图。一卧沧江惊岁晚，夕阳飞絮乱平芜。"梁文韵这首诗意切合画图，诗中有画，画中有诗，还透出些唐代大诗人王维的风格，不仅博得了大家的一致好评，连向来以诗名自负的梁卓英也禁不住点头赞叹。自此，梁家出了才女诗人的消息不胫而走，一时在平乐县内传为佳话。

传说有一年，时值八月中秋，梁家院中的一株桂树鲜花盛开。梁卓英赏玩之后，便取出笔墨纸砚，信手题诗，才写四句，恰逢友人来访，梁卓英来不及写完就接待客人去了。正巧梁文韵闲步来到父亲书房，看见书桌之上的四句诗，便拿起来仔细吟诵：丹桂流香瘦影斜，闲云祝酒醉窗纱。南园揽云秋色远，东篱观花夕阳斜。梁文韵赏览完后，知道这是父亲观赏桂花后的题诗，于是不假思索，在父亲的四句诗后续接了四句：点就金丹筛雨露，染成玉骨馥瑞华。却喜借得香风送，何须陇头羡梅花。题完之后依旧将诗稿放在书桌之上，便离开了书房。梁卓英送走客人之后，又回到书房，刚欲续完前韵之诗作，只见八句已足，读之，感到词意俱美，就怀疑是女儿所为，一问之下，果然是出自梁文韵之手。从此，梁卓英愈加珍爱女儿，恣其博览群书，吟诗作赋。甚至于在他因受友人之邀外出游历的时候，还放心地将督促三个儿子读书的任务交付给梁文韵。梁文韵每次都不辱使命，极其认真地指导三个弟弟读书作文。为了丰富梁文韵的阅历和开阔眼界，梁卓英还不断携带女儿到周边游览古迹和风物，这使得梁文韵的眼界更加开阔，诗作也有了更为深刻的内容。

当梁文韵到了出嫁的年龄，梁卓英四处多方寻访，以便为爱女出嫁物色合适的人家。经过一段时间的探访，最后终于选定了远在福建的一个姓邱的读书人家。道光二十五 (1845) 年，梁卓英不顾路途遥远，亲自护送梁文韵远赴福建完婚。婚后，在侍奉公婆、相夫教子的同时，梁文韵也没有放弃读书，闲暇之余还吟诗作赋，并陪伴丈夫读书，她读书的见解和才名，连丈夫也大为叹服，在她的激励和陪伴下，丈夫发愤苦读，过不多久，其丈夫参加科举考试也名登金榜，并得以在京城做官，梁文韵亦随夫移居京城。此外，梁文韵对父亲极为孝顺，她深知父亲的不易，非常体谅父亲及弟弟。梁卓英尽管宦海生涯达二十年，但因其为官清廉，两袖清风，加之又喜欢外出游历，家道愈发不宽裕。为了能够进一步助父亲缓解家庭窘境，同时亦促成其弟成才，进京不久，她又让丈夫为其弟梁文培谋得了小吏职务，以便能够将弟弟带在身旁，悉加培养。在儿子梁文培离家北上之时，梁卓英特地将自己昔日亲绘、反映自己督促儿女们读书情形的《南园课读图》，让梁文培带到京城，转交给姐姐梁文韵，并同时还题写了几首题画诗，希望梁文韵，全力照顾培养好梁文培。今选录其三首，诗云：

其一

海上归来感岁华，南园蕉荔剩壶瓜。

一溪活水听春雨，十里荒邨看杏花。

沽酒店前停客櫂，读书声里认吾家。

光阴莫任闲抛却，老去无成转自嗟。

其二

芝兰玉树产炎州，未过唐吴少献酬。

五马投钱曾买夏，双童课读又经秋。

惟闻博学兼三教，几见通材合九流。

送尔依人谋薄禄，登车莫忘倚门愁。

其三

俗学师承久滥觞，熏蒸气习负韶光。

盖从尔室完功课，勿向他人问短长。

始信有恒优作圣，定知熟路便轻装。

清毡若奉求贤诏，余荫宜传小雁行。

当收到了父亲赠送的《南园课读图》及题诗之后，梁文韵非常感怀，同时也知道父亲的良苦用心。于是，她当即步其父亲所作题赠诗的原韵一一赋诗进行了应和，其诗为：

其一

敛翮南州毓桂华，不教和璧易缑瓜。

才游北极无双地，又养东风第一花。

嗣世簪缨传治谱，过庭诗礼属名家。

归来琴鹤开三径，松菊犹存莫怨嗟。

其二

庙祀坊旌跨两州，受恩深重杳难酬。

未伸积愫千余里，已别重慈十八秋。

梦绕酂隍如雁荡，诗题幕府亦风流。

他时翊运征遗老，步武黄裳洗旧愁。

其三

往岁榕城献寿觞，词坛推重鲁灵光。

暂回五马留清白，小住三山话短长。

只有图书消旅恨，竟无薏苡送归装。

老亲健饭能高卧，接翅容聊小雁行。

在梁文韵的和诗之中，既有对父亲精心培育的感恩情怀，同时还对于父亲一生怀才不遇、仕途不得志的遭遇表达了同情和慰藉。从她的这些诗中，可以看出梁文韵已具有了较高的诗歌文学素养。

梁文韵因为才华出众，深得父亲的疼爱。梁卓英曾经将女儿的诗作进行精心整理，结为《小堆嬛馆诗钞》一卷。并还在其编著的《泥溪梁氏家教文稿集》《梅花屋诗》《寄信傲山房集腋诗存》等，收入了梁文韵部分诗作及文赋，惜已散佚。后来，清朝岁贡生、曾担任民国广西省议员的平乐人蒋庚藩读到了梁文韵的诗作，认为其诗作文辞清丽，内容隽秀，对这位平乐才女作出了极高的评价。蒋庚藩还在其主编的民国二十九年《平乐县志》卷十一《艺文志》中，收录了梁文韵与其父梁卓英关于《南园课读图》应和的部分诗作，并做了评注，以作为对这位才女的纪念。梁文韵也就成为收录于平乐现存地方志的唯一才女。

（欧学颂收集整理）

凤　仙

　　刘赤水是平乐县人，从小就聪明伶俐，十五岁便考入府学读书。后因父母过世，开始四处游玩放纵，渐渐荒废了学业。虽然生活很拮据，但是他非常喜欢装饰打扮，连家里的被褥和家具都装饰得十分精美。一天晚上，有人请刘赤水喝酒，临走时他忘记将蜡烛熄灭，酒过几巡后才想起来，怕家里出事，急忙离席往家赶。他刚走近家门，忽然听到屋里有小声说话的声音，便俯身偷偷向里看，只见一位青年正拥抱着一位漂亮姑娘躺在他的床上。

　　刘赤水的家紧邻一所权贵人家荒废的宅院，那里常有鬼狐出入，总发生一些怪异的事情，所以他料定这对男女是狐狸精。因此刘赤水并不害怕，闯进去大喝道："我的床铺岂容他人在上面睡觉！"那两个人吓得惊慌失措，一下子从床上跳起来，抱起衣服逃走了。刘赤水发现他们遗落下一条紫色的绸裤，裤带上还系着一个针线荷包。他越看越喜欢，又担心他们再来拿回去，便藏在被子里紧紧抱住。

　　过了一会儿，一位头发蓬松的丫鬟从门缝中挤进来，向他要绸裤。刘赤水笑着索要报酬，丫鬟说以后送给他好酒。他不答应。又说送他金子，刘赤水还是不答应。丫鬟笑了笑就走了。过一会儿返回来说："我家大姑娘让我给你带话，只要你把东西还给她，她一定给你找个美丽的妻子作为报答。"

　　刘赤水问："你家大姑娘是谁？"丫鬟回答说："我家姓皮，大姑娘小名叫八仙，和她睡在你床上的是她先生胡郎，二姑娘水仙嫁给了富川县的丁官人。三姑娘名叫凤仙，比两个姐姐都漂亮，你见到她一定会满意的。"刘赤水怕她不守信用，要求即刻等到回信。丫鬟去了一会儿又回来说："大姑娘让我告诉你，好事怎么可能一下子

桂江之夜

就办成呢？刚才跟三姑娘说了这件事，遭到她的一顿呵斥。你只要耐心等着，我们家可不是轻易许诺而不守信的人家。"刘赤水听她这么说，便把东西还给了她。

几天过去了，一点消息都没有。一天黄昏，刘亦水刚从外面回来，正坐下来歇口气，忽然门自动开了。只见两个人提着被子的四个角，兜着个女子进来了。她们笑盈盈地说："我们送新娘来了！"说着把新娘放到床上，嘻嘻哈哈地走了。刘赤水走过去一看，女子正在酣睡，身上散发着芳香的酒气，娇媚的脸上带着迷人的醉态，漂亮的容貌令天下人为之倾倒。

刘赤水不由得心花怒放。这时，凤仙稍稍有些清醒过来，睁开眼睛看着刘赤水，只是四肢仍不能随意活动，口中狠狠地说："八仙这个坏丫头竟然出卖我！"刘赤水见她发怒时也是那么娇媚，更加喜欢她了。

凤仙嫌他皮肤冰凉，微笑着说："今夕何夕，见此凉人！"刘赤水回道："子兮子兮，如此凉人何！"于是二人缠绵起来。事后，凤仙说："八仙这个丫头真不害臊，自己玷污人家的床褥，还用我来换她的裤子！以后我一定找机会报复报复她！"从那天起，凤仙每晚都来相陪。

有一天，凤仙从袖子里拿出一枚金钏说："这是八仙的东西。"又过了几天，凤仙怀揣着一双绣花鞋拿给刘赤水看。只见那双鞋上面镶嵌着珍珠，金线绣的花纹，制作得十分精美，实为世间罕见之物。凤仙让刘赤水拿着这双绣花鞋出去张扬，他便在亲朋好友中炫耀，要求观赏的人必须用钱或酒做礼物，每天观赏过后便将其好生珍藏。

一天晚上，凤仙来了，很伤感地说了些道别的话。刘赤水很奇怪，问她发生了什么事。她回答说："八仙因为绣花鞋的事情非常怨恨我，想带着全家搬到很远的地方，隔绝我与你的缠绵。"刘赤水听了很担心真的要与凤仙分离，要把绣花鞋还给八仙。凤仙气呼呼地说："不要还给她！她用这个要挟我，如果还给她，岂不是中了她的计谋！"刘赤水问："你为什么不能单独留下来？"凤仙回答说："父母在远方，一家十多口人都托付给胡郎照顾。我如果不跟着去，不知道八仙这个长舌妇会给我造出多少谣言呢！"从那天以后，凤仙便失去了踪迹，刘赤水日夜思念着她。

两年以后，有一天，刘赤水在路上遇到一位女子，骑着一匹行动迟缓的老马，由一位老仆人拉着缰绳，从他身边走过。那女子掀起面纱，偷偷地打量着刘赤水，美丽的姿容使人眼前一亮。不一会儿，一位青年郎君从后面赶上来。刘赤水忍不住大加赞扬，问他说："这位女子是什么人？似乎长得很漂亮！"

郎君向刘赤水拱手致礼说："你过奖了，这是我的老婆呢！"刘赤水觉得很窘，惭愧地向他表示歉意。郎君不以为然地说："没有关系。不过，南阳诸葛三兄弟中，你得到了其中的那位卧龙，其余的两个小人物又哪值得称赞呢？"刘赤水听得有些糊涂。青年问他说："你不认识当年偷着睡在你床上的人了吗？"刘赤水这才恍然大悟，原来他是胡郎。于是相互叙起连襟之谊，谈得十分投机。

胡郎说："岳父母刚刚远道而归，我们要前去拜见，你愿意一起去吗？"刘赤水听了非常高兴，连声答愿意。之后，刘赤水跟着他们来到了紫山（今县城东粉岩诸峰）。山上有一所本地人过去躲避战乱时居住的旧宅子。八仙下马先走了进去。不一会儿，好几个人出来迎客，嚷嚷着："刘官人也来了！"两个人进了门，拜见了岳父母。有一位没见过的青年郎已经先坐在那里了，身穿华丽的靴子和长袍。岳父为他们介绍说："这是富川县姓丁的女婿。"于是，三人互相见礼后才各自入座。等了一会儿，酒茶纷纷端上来，大家相互谈笑，气氛十分融洽。

岳父高兴地说："今天三位女婿都到齐了，可以说是十分难得的聚会，而且又没有外人，叫女儿们也出来高兴高兴，我们全家人在一起乐和乐和。"刚说完，三姐妹便走出来，岳父派人摆上座位，让她们各自坐在自己的夫婿旁边。八仙见到刘赤水，不住地掩着嘴笑，凤仙就和她互相开着玩笑。水仙的容貌要差一点，但是她端庄贤淑、稳重温婉，满座的人都在热情地互相谈笑，只有她端着酒杯微笑地看着大家，令人心生敬佩。于是，一时间觥筹交错，兰馨满室，大家都喝得十分尽兴。

刘赤水发现床头上摆着很多乐器，便取来一支玉笛，请求吹奏一曲，祝福岳父岳母寿比南山。岳父很高兴，让擅长乐器的人各自取一件演奏。于是大家纷纷去选乐器。只有凤仙和丁郎坐着没动。八仙说："丁郎不熟悉音律，可以不拿，难道你的手指弯曲着伸不开吗？"说着，便把拍板扔到凤仙的怀里。拍板一响，大家各种乐器的声音都响了。

岳父开心地说"家人团聚的天伦之乐真是好极了！你们姐妹几个都是能歌善舞之人，为何不各尽所能表演一下呢？"八仙拉着水仙说："凤仙向来把她的歌喉看得比金玉还珍贵，不敢劳她的大驾，我们两个人合唱一首《洛妃曲》吧！"两人歌舞刚刚结束，有个丫鬟端着一金盘水果进来。大家都不认识这种水果。岳父说："这是从真腊国带回来的'田婆罗'。"说着顺手抓了几个送到丁婿面前。

凤仙很不高兴地问："父亲对女婿难道因贫富不同而爱憎不同吗？"岳父听了有些不高兴，但没有说什么。八仙说："父亲因为丁郎是异县人，所以算是客人。如果按长幼论，难道只有凤妹妹有个拳头大的酸女婿吗？"凤仙听了很不高兴，脱去华美的衣服，把拍板扔给丫鬟，唱了一曲《破窑记》，直唱得声泪俱下。唱完后，一甩袖子便走了，弄得满屋人都开心不起来了。八仙打破僵局说："这丫头的任性一点都没见改！"说完就去追凤仙。刘赤水感到很丢脸，也告辞回去。

刘赤水走到半路，发现凤仙正坐在路边。凤仙招呼刘赤水挨着自己坐下，说："你是个男子汉大丈夫，难道就不能为妻子争一口气吗？功名富贵都在书中，希望你自己好好努力！"又抬起脚说："刚才匆忙出门，荆棘刮破了我的绣花鞋。以前给你的那双绣花鞋，你带在身边没有？"

昭州老城墙

刘赤水拿出绣花鞋，凤仙拿来换好。刘赤水请求留下那双旧鞋。凤仙微笑着说："没想到郎君是个大无赖，哪里见过把自己妻子的东西藏在怀里的人？如果你真的爱我，我送给你一样东西。"说完拿出一面镜子交给他，说："你若想见我，应该在书卷里寻找，否则我们再也见不到了！"说完就不见了。刘赤水万分惆怅地回到家里，拿出镜子看了看，见凤仙背着身子出现在镜子中，好像望着相隔百步之外的美女。他想起凤仙的嘱咐，谢绝宾客，闭门苦读。

有一天，他思念着凤仙又拿出镜子。忽然看到镜子出现了凤仙的正面，还对着他微微笑，他因此更加珍爱这面镜子，没有人的时候，常常与镜中的凤仙相互对望着。过了一个多月，刘赤水读书的劲头衰减了很多，常常出去游玩忘了回家。这时，镜中凤仙的面容变成一副悲伤欲哭的样子，过一天再看，竟然又背面而立，像第一次见她那样了。

刘赤水猛然醒悟过来，明白是自己荒废了学业凤仙才变成这样的。于是他继续闭门谢客，日夜苦读。一个月后，镜子里凤仙的影子又面向他了。

从此以后，刘赤水就用这面镜子来监督自己：每当他松懈的时候，镜中凤仙就面带忧伤；刻苦攻读几天，镜中凤仙就面带微笑。于是，他每时每刻都把镜子悬在面前，就像面对着严师一样。

这样潜心苦读了两年，刘赤水考中了举人！他开心地说："现在终于对得起我的凤仙了！"拿过镜子一看，镜中的凤仙黛眉弯弯，笑容可掬，就像站在眼前一样。他心里爱极了凤仙，目不转睛地凝视着。忽然，镜中的凤仙说："'影子里的情郎，图画中的爱人'，大概就是今天的这种情景吧！"刘赤水又惊又喜，四处一看，原来凤仙已经站在他的身边了。他握住凤仙的手，询问岳父岳母的情况。凤仙回答说："我自从和你分别以后，就再没有回家，藏在附近的山洞里，以此来分担你的辛苦，关注你的学习情况。"刘赤水一听，爱怜地将她拥入怀里。

刘赤水到府城赴宴，凤仙请求与他同往。两个人同坐一辆马车，但谁也看不到凤仙。宴会结束后，在回去的路上，凤仙与刘赤水商议，把她装作是从城里娶回来的媳妇，光明正大地进了刘家，并开始出来见客，管理家务。众人都惊叹于她的美貌，但没有一个人知道她是狐仙。

刘赤水是富川县令的学生。有一次去看望老师，遇见了丁郎。丁郎热情地邀请他到家里去，摆下酒宴盛情款待他，还告诉他说："岳父岳母最近又迁居到别的地方。我妻子回娘家探亲就快回来了，我一定会写信告诉他们你高中的喜讯，与他们一起前去拜访祝贺。"刘赤水当初怀疑丁郎也是狐仙，仔细询问了他的家世，才知道他是富川大商人的儿子。当年，丁郎有一次晚上从庄园回家，遇到独自赶路的水仙，见她容貌艳丽，便偷偷地看她。水仙大方地请求与他一同赶路。丁郎非常高兴，把她带回自己的书房，与她同居欢好。因为水仙能从窗棂缝隙中出入，丁郎才知道她是狐仙。水仙对他说："郎君不必怀疑我，我并没有害你之心，只因为你忠厚老实，所以才愿意嫁给你！"丁郎十分宠爱水仙，不再娶亲。

刘赤水回到家以后，借来隔壁荒废的大宅院，准备给前来祝贺的客人住宿，他吩咐人将房子打扫得非常整洁，过了几天，来了三十多个人带着各种礼物上门道贺，来往的车马络绎不绝，挤满了街巷。刘赤水将大家安置到客房，凤仙将母亲和两位姐姐迎到内室。

八仙说："你这个小妮子现在富贵了，不再怨恨我这个大媒人了吧？我的金钗和绣花鞋还在吗？"凤仙找出金钏和绣花鞋说："虽然还是那双绣花鞋，但是已经被千万人看破了。"

八仙用绣花鞋在凤仙背上一拍，说："应该打你，把绣花鞋给了刘郎！"说完把绣花鞋扔到火里，随即祝福说："新时如花开，旧时如花谢；珍重不曾着，姮娥来相借。"水仙也跟着祝福说："曾经弄玉笋，着出万人称；若使姮娥建，应怜太瘦生。"凤仙拨弄着火说："夜夜上青天，一朝去所欢，留得纤纤影，遍与世人看。"于是把绣鞋烧成的灰弄进盘子里分成十几份。见刘赤水进来，便托着盘子送给他。只见灰尘转眼间变成绣花鞋，和原来那双的样式一模一样。

八仙连忙跟过来将盘子推翻，还有一两只绣花鞋落在地上，又赶紧伏在地上使劲吹，才将绣花鞋彻底吹不见。第二天，丁郎因为路远，带水仙先回去了。八仙最喜跟凤仙嬉闹，父亲和胡郎催促她好几次，磨蹭到中午才从内室出来，跟着他们回去了。

前一天他们来的时候，排场特别大，随从也特别多，十分气派，围观的人群像赶集似的蜂拥而至。有两个强盗见到这行人中的漂亮女人，魂都跟着飞走了，便计划在她们离开的路途中进行挟持。第二天，他们得到确切消息，便在后面紧紧跟随着马车，眼看着相隔的距离很近，却怎么也追不上。

后来，到了一个两边都是山崖的地方，车马的速度慢了下来。强盗追上去，举着刀大喊大叫，将赶车的随从们全吓跑了，等他们掀开车帘一看，哪里是什么美女，里面坐着一位老妇！他们正怀疑错劫了女子的母亲，四处打探美女去向的时候，忽然飞来一刀，砍伤了一个强盗的右臂，只一会儿工夫，两个强盗就被五花大绑捆了起来。

等他们凝神一看，山崖不知道什么时候变成了平乐县城的城门，车上的老妇是从乡下回来的李进士的母亲，抓他们的是守城的士兵。当时有两名外逃的大盗未能归案，一审讯，正是这二人！后来，刘赤水考中了进士，凤仙怕再招惹是非，推辞了亲友们的祝贺。刘赤水非常疼爱凤仙，没有再娶别的女子。后来升为郎官时，才纳了一房小妾，为他生了两个儿子。

（梁锦鹏根据《聊斋志异》改编整理）

阿成的故事

古时候，大发瑶族乡有个小伙子叫阿成。

一天，他正仰躺在屋后面的杨梅树脚下乘凉。突然，一只果子狸嘴里含着一颗杨梅从山上跑下来，将杨梅吐在阿成的嘴里。阿成既害怕，又觉得奇怪，急忙用手去拍果子狸的屁股，赶走它。可是，果子狸不但不走，反而像唱歌似的叫起来。

恰巧，一个赶猪的人路过这里，看见了阿成与果子狸的亲热举动，就向阿成招手说："小伙子，如果你再能叫果子狸唱歌，我就把这头猪给你。"阿成挺乐呵，又用手拍了下果子狸的屁股。果子狸竟然真的像人一样唱了两句山歌。赶猪的人只得认输，把猪送给了阿成。

阿成回家后，他的哥哥阿龙见阿成不用花钱就得了一只果子狸和一头猪，就问他原因。诚实的阿成把遇到的怪事一五一十地讲给哥哥听。阿龙听了后，心想，果子狸能唱歌，能含杨梅吐进人的嘴巴，如果能吐出银毫子，那以后不用劳动就有吃有穿了。于是，他又叫阿成去拍果子狸的屁股，让它吐银毫子。阿成用手拍了拍果子狸的屁股，果子狸真的吐出了几个银毫子，阿龙兄弟十分高兴。

同时，阿龙又十分妒忌。心想：阿成会变成百万富翁，我不是穷光蛋了吗？他和妻子商量，想出一个主意：借阿成的果子狸几天，等果子狸为他吐够了银子，就把它杀了。

主意打定后，第二天阿龙就向阿成借了果子狸。可是果子狸一到阿龙手里任他怎样拍，果子狸都吐不出银毫子，也不会唱歌。阿龙非常生气，把果子狸丢进河里。

过了几天，阿成问哥哥讨还果子狸。阿龙撒谎说："果子狸昨天死了，我把它丢下河了。"诚实的阿成不想恨哥哥，捞起果子狸埋了，垒成一个坟。

不久，坟上长出一棵桐子树，转眼就有碗口粗、丈余高。这几天阿成又去树下乘凉，一摇桐子树就落下银毫子来。这事又给阿龙知道了，他也去摇，可桐子树并没有落银毫子。一怒之下，阿龙把树砍了。

树被砍后，阿成非常生气。但又不好意思对阿龙发怒，想来想去，他就用桐子树做了个潲盆，用来喂小猪。不几天，小猪就成了大猪。这事又让阿龙知道了，他又去向阿成借潲盆来喂猪。阿成看在兄弟情分上，把潲盆借给了阿龙。阿龙借了潲盆，喂了几十天，猪不仅没有长大，反而越养越小。一怒之下，阿龙又把潲盆砸烂了。

潲盆砸烂了，怎么办呢？阿成想来想去，用烂潲盆修成一根鱼钩去钓鱼。

阿成拿着鱼钩去钓鱼，一天可钓得几十斤。这天，阿龙岳母娘生日，他去借阿成的鱼钩钓鱼。钓呀钓呀，钓了半天，阿龙也钓不着一条鱼。他用力一甩，把鱼钩甩进喉咙里了。

阿龙只会"呀呀"地叫，说不清楚话，从此以后成了哑巴。

（邱榕收集整理）

二妹巧对伍秀才

从前，在大发瑶族村寨里有个无父无母的傻仔，名叫阿水。阿水人是傻，做事却十分诚实。他在乡亲们的帮助下，娶了一个聪明漂亮的妻子——二妹。

傻子讨了个漂亮老婆的事，让伍秀才知道了。伍秀才非常嫉妒，打下坏主意，决定征服阿水，霸占二妹。

一天，伍秀才经过瑶山，看见阿水在地里锄地，想用山歌难住他，唱："锄地郎，锄地郎，锄头落地几多双？"

阿水不会唱山歌，也不知道自己锄了这么久的地，到底挖了几多锄，只管埋头锄地，不理秀才。

大发风光

秀才见阿水不理他，便认为阿水好欺负，说："给你思考一天，明天回答我。如果明天还回答不出，我就要你的老婆。"

阿水回家后，闷闷不乐。二妹反复问他，阿水才把白天遇到的事一五一十说出来。二妹听了后不但不恼火，还笑着说："快吃饭吧，吃了饭我教你明天怎样答就是了。"

第二天，秀才果然骑着马按时来了。阿水一见秀才，就把昨晚二妹教他的歌唱出来："骑马郎，骑马郎，马脚落地几多双？"

"是谁教你唱的？"伍秀才问道。

阿水毫不含糊地答道："是我老婆二妹教的！"

秀才听说是二妹教的，既高兴又恼怒，对阿水厚颜无耻地说道："是你老婆教的？那好，我看你老婆有几聪明，回去叫她搓一条一丈五尺长的灰绳，做十样菜，本秀才下月十五要拜访她。如果做不出，我就要她做小老婆。"说完扬长而去。

这回可吓坏了阿水。他怕妻子被人夺走，一回到家便在灶前拿起灰，一直搓，一直搓。可是怎么搓都搓不成绳子。二妹问他，他才把事情经过说出来。二妹还是同上次一样不慌不忙地说："不要紧，你尽管等他来就是了。"

转眼到了十五，一早就见伍秀才骑着白马，手拿马鞭耀武扬威地朝阿水的家奔来。他一进门就问："二妹，叫你搓的灰绳搓好了吗？"

"搓好了！你去看吧！"二妹说完便领伍秀才去看灰绳。伍秀才一看，顿时哑口无言。原来，二妹用稻草结成绳子又用火烧毁，成了一条灰绳。

伍秀才又叫二妹端"十样菜"上桌。二妹不慌不忙地端上一碗韭菜和姜合成的菜放到桌上。秀才一看，暗暗佩服。

可是秀才还不服输，跑到门外，一脚搭在马上，一脚搭在地下，说："你说我上马还是下马？"二妹也跑到门槛上，一脚在外一脚在内，说道："你说我进屋还是出屋？"秀才恼羞成怒，说一声："公鸡不叫，母鸡叫。"骑马便走了。

二妹答一声："公鸡还是母鸡的仔呢！"说完，笑着进屋去了。

（邱榕收集整理）

平乐民间故事

龙道师

清朝同治年间，龙窝水西村有个姓龙的道士。龙道师六十余岁，精通法术。他性格诙谐，喜开玩笑，且嫉恶如仇，对有些利用旁门左道之术专做损人利己之事的道士，他总要以斗法为名惩罚他们。他的故事在龙窝、大发一带流传甚广。

一、茅屋不燃火

一次，龙道师喝完酒回家。还在路上天就黑了。乌云遮住了月光，天黑得像锅底。他顺手扯了根小竹竿点燃来做火把。这根二三尺长的小竹竿一路燃烧着，到屋门口还没烧完。他看了看手中还剩下一尺多长的竹竿，手一抬将燃烧的竹竿丢上自己的茅屋背上。竹竿在屋背上烧得"啪啪"响，茅屋哪经得半点火星！隔壁的人吓得大喊起来："道师茅屋着火了！"喊声惊醒了全村的男女老少，大家急忙穿好衣服赶来。有些人还用桶提着水来救火。这时，龙道师醉眼惺忪地走出来笑着说："大家放心去睡吧。火是我丢的，我有法术才敢丢嘛。"众人抬头一看，呆住了，只见竹竿燃着，而茅屋安然无恙。众人便骂他喝醉了拿火来开玩笑。龙道师嘿嘿一笑，连说："骂得好，骂得好！"

二、草鞋戏婆媳

有一天，龙道师去赶龙窝圩。他走到一垄田垌，见本村石家的两婆媳正在插田。

平乐田园风光

龙道师便走上前笑着说："表嫂插完田，等我赶圩回来一起回去。"婆婆看了看快要插好的田，说："等你？哼！你这老鬼，天不黑不回家。我们哪等得了！"龙道师不言语，笑着走向田头的水洼旁，趁她俩不注意，把一只烂草鞋丢进水洼。然后，慢条斯理地朝龙窝方向走去。

过了半个时辰，婆媳俩插完了田，双双到田头水洼洗脚。嗬！一条大鲤鱼正在水塘洼里缓缓地游。她俩揉揉眼睛，定睛再看，真是条大鲤鱼，估计有三斤重！婆媳俩跳下水洼拼命捉。结果，一直到太阳偏西，婆媳俩累得筋疲力尽，那鲤鱼照样在水洼里游呢！就在这时，龙道师哼着小调，慢悠悠地朝她们走过来。他看到喘着粗气的婆媳俩，问道："哎，表嫂，你不是说不等我吗？为什么还在这里？"婆媳俩不理他，只顾捉鱼。龙道师走近，故作惊讶态："一个小水塘哪有大鲤鱼？让我下去看看。"龙道师下去，一下子摸起一只烂草鞋说："哪有什么鱼？分明是我的一只烂草鞋。"

　　婆媳俩一看，鱼果然没有了，才知上了龙道师的当，便骂起来："你这死老鬼，真想把人害死了！"龙道师说："不然你就不会等我回来！"说完，"哈哈"大笑着走了。

三、去桂林看戏

　　有一天，龙道师与村里的小孩去放牛。他笑着对小孩们说："你们想去桂林看戏吗?"小孩们知道龙道师的功夫，就故意说；"怎么不想呢？只是牛没有人看。"龙道师说："不要紧，我有法子不要看牛。"他在草坪上画了一个大圆圈，牛便不会出圈了。然后叫其中一个小孩拉紧他的衣尾，其他小孩一个接着拉前一个小孩的衣尾，排成队，都把眼睛闭上。龙道师驾起云头，带着一队小孩，一会便到了桂林。

　　看完戏回到家里，有个看牛娃把当天的奇闻讲给他爸爸听。他爸爸不相信，说是龙道师教他讲假话，并骂了龙道师一通。第二天，那看牛娃把他爸爸骂龙道师的话转告了龙道师。龙道师大怒，告诉看牛娃仔说："如果你爸爸不信的话，你叫他跟我去一次。"

　　那小孩的爸爸半信半疑地扯着龙道师的衣尾去了。到了桂林，龙道师把小孩的爸爸甩掉在戏院里，自己一个人回家了。

　　那小孩的爸爸找了很久也没有找到龙道师，正在束手无策之时，一摸衣袋有几枚铜钱，他知道这是龙道师给的路费。就是靠着这几枚铜钱他才好不容易回到家。

四、道师斗法

　　光绪年间，平乐属府，管辖几个县。当时，平乐的风俗每三年要打一次醮，每次为七天七夜。总管请了几十个道师。其中有蒋家村的钟、黎、王三位上等道师。当然也请了龙道师。定于十二日进堂，风雨不改。钟、黎、王素来怕龙道师，便向总管提出，不要请龙道师来。总管说已经写好了名单，不请不好。没办法，三人只好去渡口交代撑船的，如果看到一个道师带着两个孙仔的，就不要渡他过河。

　　龙道师奉请而来。当他走到渡口时，嗓子喊哑了仍不见对河的船开过来。他有点发火了，便念起法诀，打开雨伞，爷孙三人坐在花雨伞上，过了平乐河。

　　打醮场设在平乐令公庙旁。由于是第一次打大醮，人声鼎沸，锣鼓震天，热闹非凡。龙道师进了道场，谁也不理睬他。他不动声色，掏出一块红布，口中念念有声。顷刻红布化成一张板凳，爷孙三人便安然坐下。他又从口袋里掏出一支笔，钉在墙上，把包袱挂稳。坐下不久，龙道师内急要离开。临走前，他吩咐两个孙仔，凡有人给食物给他们，一定要等他回来看过之后才能吃。

　　龙道师哪里知道，钟、黎、王三位道师正在不远处监视着他。他一走，钟、黎、王三名道师便拿着三个绯红的柑子果去哄龙道师的两个孙仔。孙仔记住龙道师的话，把柑子放进口袋，没有吃。

　　龙道师回来时，孙仔把情况向他讲明，拿出柑子给他看。他不禁大吃一惊，晓得这是火柑。钟、黎、王道师存心绝他的后。他火冒三丈，念动咒语。刹那间，锣鼓声戛然而止，狂风骤起，吹得醮台摇摇欲坠。

　　总管问过情况，劝龙道师收起法术，说钟、黎、王道师是好意。龙道师反驳说他们是想绝他的后。争论不休，要到平乐府断个是非。在公堂上双方签字，订合约。大意是：到河边去检查是不是火柑，谁输了谁就到对方村去打大醮。规定三年一次，胜方只让输方每天吃豆腐三十三块，萝卜三百零六斤。其他食物均由输方自带。

　　合约定好后，双方和公证人都来到了河边。龙道师当着众人把那三个火柑丢下水。片刻，河水通红像汽油一样燃烧起来。这柑子如果让小孩吃下去，后果不堪设想。人们才晓得钟、黎、王三位道师的恶意。主管当即指责钟、黎、王道师的不仁，罚他们每过三年去水西村打醮一次。并由龙道师主持这次打醮。

　　后来，龙道师年老了，打算把法术传给两个孙仔。谁知，有一天，大孙仔趁龙道师睡午觉，翻出龙道师的书，口念咒语，驾着猪笼飞走了。小孙仔看见哥哥能腾云飞去，也翻出书，口念咒语，也坐着猪笼飞走了。因为他们没有精通法术，所以飞出去就飞不回来了。龙道师睡醒了，发现书被丢在门口，知道大事不好，但已经来不及了。

　　龙道师失去了两个孙子，后悔极了。当晚，他升起云头，把道具统统放进后山

龙窝风光

的绝壁里。人们把这个岩叫做"响鼓岩"。以后，每逢天旱或久雨，这个岩洞就会发出如同敲锣鼓一样的响声。

（韦强搜集整理）

绣　姑

不晓得是哪个朝代的事了。

那时，平乐县称昭州府，沙子镇叫沙阳街。离沙阳街二十多里有个保安村。村里有个姑娘，长得端庄秀丽，就像一朵刚出水的芙蓉。姑娘刺绣的手艺可精湛啦！绣出的花朵，鲜艳夺目，像刚从树上摘下来一样；绣出的鸟儿，活灵活现，仿佛一招手，就会展开翅膀飞出来。四里八乡的人都叫她绣姑。

绣姑五岁的时候，父亲因交不起租税，被官兵抓去活活折磨死了。绣姑母女俩相依为命，靠替人绣嫁妆得点钱度日，生活的苦楚自不必说。

这年农历三月三，绣姑替别人赶绣嫁妆。绣着绣着，眼皮打起架来，一头伏在桌上呼呼地睡着了。绣姑在梦中，忽见眼前金光一闪，只见两个衣着华丽年轻美貌的姑娘，笑盈盈地站在自己面前。当中一位穿绿衣的姑娘指着另一位穿红衣的姑娘，说："我是百鸟仙姑，她是百花仙姑。见你心地善良，手艺精湛，特来赠给你绣花针一枚，百彩线一圈。拿来绣花，花能开放；用来绣鸟，鸟会飞翔。"说罢，两位仙姑的身上发出两道金光，转眼间就不见了。

绣姑从梦中醒来，揉揉眼睛，四下一看，果然，她面前真的放着一枚银光闪闪的绣花针和一圈五光十色的丝线。绣姑又是惊奇又是高兴，马上拿起针穿好线用心绣起来。绣呀绣呀，忘记了吃饭，忘记了睡觉，忘记了疲劳，一直绣到东方发白，一幅牡丹争艳的刺绣绣好啦。绣姑刚咬断线头，说来也怪，那一朵朵牡丹花竟变成真的了！迎着晨曦放出异样的光彩，散发阵阵清香。仔细看叶子和花蕊上还有一滴滴珍珠似的露水呢。不一会儿，一只只蝴蝶和一群群蜜蜂飞进屋来，停在牡丹花上

绣花厄

不肯离开。附近的人们听说有这种神奇的事情，成群结队地赶来观看。小小的茅屋挤得里三层外三层的，人人都啧啧称奇。

过了不久，这件事传到了昭州府府台的耳朵里。那府台来到绣姑家，一见那幅带着露水盛开的牡丹刺绣和仙女般美丽的绣姑，顿时生了邪念：把这幅宝贝和美人儿一同进贡给皇上，定能升官发财。主意已定，他笑眯眯地对绣姑道："姑娘呀，只要你带着刺绣随我进京面见皇上，我保你享不尽的富贵荣华！"

绣姑一眼看穿了府台心怀鬼胎，不冷不热地答道："我从小生在穷人家，和富贵荣华没有半点缘分，请大人不要白操心吧。"

府台一听，气得脸都青了，怒气冲冲地喊道："狗坐轿子——不识抬举。来人！把她阿妈抓起来，看她进京不进京！"

几名衙役答应一声，扑上前就要捆绑绣姑的阿妈。

"住手！"绣姑推开衙役，用身体护住阿妈。

"进不进京？"府台逼道。

绣姑的心里像开水一样翻滚起来：如若进京献宝，怎么对得起死去的父亲！ 如若拒绝进京，又怎能救得出母亲呢？正当她左右为难的时候，抬头看见了挂在墙上的刺绣，马上有了主意。说道："不要为难我母亲，我跟你进京就是。"

"好，走吧！"

"大人，这幅刺绣只有牡丹，并无凤凰，实是美中不足。请大人宽限六六三十六天，等我请来仙山的凤凰，绣入画中，一定随大人进京。"

狡猾的府台眨了眨眼睛："好吧，我送你到一个清雅的地方去绣吧。"

府台带着衙役走后，绣姑母女俩抱头痛哭起来。左邻右舍见到这一情景，只有叹息、安慰，没有一个想得出好办法来。

绣姑含着泪对乡亲们说："叔伯婶娘、兄弟姐妹们，救我母亲一命吧。"

一位白发银须的老人说道："绣姑呀，你阿妈只要逃出广西，就有救了。可是，你一个纤弱的女子，怎能斗得过虎狼般的府台呢！　"

绣姑咬咬牙，答道："二公，我自有办法对付他。"

五天之后，府台命人在保安村一座山上修了座亭子，用一千一百一十一块青石

绣花亭

铺成了一条通向亭子的石梯小路。然后，命人用轿子把绣姑抬到亭内，派衙役监视她。

六六三十六天过去了，绣姑的阿妈在乡亲们的帮助下过了龙虎关，逃到湖南境内。绣姑的凤凰戏牡丹也绣成了。这天早上，府台带着十几名衙役，抬着八人大轿，吹吹打打，亲自上山去接绣姑。

府台兴高采烈地沿着石梯小路往上爬，刚到半山腰，只见绣姑站立山顶上，眼睛射出仇恨的怒火，指着他大声骂道："你这狗官，逼死了多少人命！我恨不得吃你的肉，喝你的血！"绣姑一边骂，一边捡起石头朝府台砸来。府台发狂似的嚎叫着："把她抓起来，抓起来！"

几名暗中监视绣姑的衙役一拥而上，眼看就要把绣姑抓住，绣姑毫不惊慌，从怀中掏出那幅绣好的凤凰戏牡丹图贴在心窝上，转身跃下旁边的悬崖。忽然，金光一闪，一只凤凰倏地从画中飞了出来，托起了正往悬崖下掉的绣姑，一拍翅膀，冲天而起，朝府台和衙役哇哇地连叫几声。刹那间，雷鸣电闪，飞沙走石，天地黯然无光。"救命呀！救命呀！"吓得府台和衙役大喊着叽里咕噜地滚下山去。

约莫过了一个时辰，天晴了，地亮了。山下躺着府台和衙役的尸体，一个个都没有了眼睛。绣姑和凤凰都不见了。后来，有人说看见凤凰啄死了府台和衙役，绣姑乘着凤凰飞向天空，成仙去了。

人们为了纪念绣姑，便把那座山叫做绣花厄，把那座亭子叫做绣花亭。

（翟展奇收集整理）

吕洞宾沙阳卖酒

一天，八仙之一的吕洞宾起了到凡间云游之念。他离开洞府，驾动祥云，脚下生风，飘飘荡荡，片刻之间便到了昭州府（今平乐县）沙阳街（今沙子镇）上空。

吕仙拨开云层往下一看，只见山清水秀，田园肥沃，店铺林立，人群如蚁，好一派升平景象！吕仙心中暗喜：此地人杰地灵，物阜年丰，必有可引入仙界之人。于是，按下云头，降落岸边，摇身一变，化作一白发老叟。他指茶江之水为酒，在石拱桥头卖浆起来。

吕仙的酒，醇香无比，价钱也比别的酒店便宜。于是众人争先抢购。吕仙热情接待，童叟无欺，但一天只卖一担，卖完就走。

过了一段时间，有人认为吕仙老实呆痴，便想办法欺辱他。几个刁钻之人暗中联络起来，齐声指责吕仙卖的酒不够秤，硬要补足。还威胁说：如不补足，就赶他出沙阳街。

吕仙微微一笑，也不反驳，给他们各补了满满一瓢酒。这几个人提起酒壶，眉开眼笑，扬长而去。

这消息一传十、十传百，一下子传遍了沙阳街。众人都认定吕仙是傻子，纷纷跑来要吕仙补酒。

吕仙来者不拒，默默地给来者舀上一瓢。看到他们高兴的样子，吕仙心中暗暗伤心。贪图小利之人，遍地皆是啊！

春去秋来，不知不觉吕仙在沙阳街卖酒将近两年了。

这年的除夕，吕仙照样在石拱桥头卖酒，但买酒的少，补酒的人却很多。

沙子古街

  吕仙眼看这些贪图小利之人，心中感慨万千。想起自己本是饱读诗书的文人，只因厌恶科考、看破红尘，才拜钟离汉为师学道，云游四方。唉，人间空有山清水秀、繁花似锦，忠厚纯良之人却好似凤毛麟角啊！

  吕仙正在感叹之时，突见一青年后生走上前来，道："老伯，晚辈有礼了！"说罢，朝吕仙一揖。

  吕仙举目审视这后生，见他约莫十七八岁，长得唇红齿白，眉清目秀，天庭饱满，地角方圆，心中暗喜，便道："老朽无德无才，怎敢受此大礼！"

  "老伯卖酒，童叟无欺，此德之一；遇事坦然，进退有方，此德之二也！"说着，后生掏出两枚铜钱，递与吕仙。

  吕仙不解其意，问道："这是为何？"

  后生答道："晚辈刚才向老伯买酒四斤，回家一称，多了半斤，理当补回两枚铜钱，请老伯收下！"

  "不瞒小哥，老朽在此地卖酒到今年已满两年，只见要我补酒之人，还未见补钱给我之人，小哥莫非弄错了？"

后生坦然答道："君子忠厚诚实，小人见利忘义，晚辈愿效法正人君子，决不做忘义小人！"

"讲得好！讲得妙！"吕仙击掌称赞，随即仰天叹道，"卖了两年茶江水，才见一个忠厚人啊！"

后生疑惑不解，问道："老伯何出此言？"

吕仙反问后生："你肯听我点化吗？"

"恳请老伯赐教。"后生垂手恭立，真诚答道。

"据我看来，今人世间弱肉强食，尔虞我诈，烧杀奸淫，见利忘义，一派浑沌，不值留恋。你何不看破红尘，随我学道修炼，落得个高风亮节，清白身躯！"吕仙侃侃而谈。

后生猛然醒悟，朝吕仙深深一揖："弟子愿往！"

"走！"吕仙一声喝喊。

忽然，金光一闪，吕仙与后生瞬时不见踪影。

众人惊奇不已。这时，空中飘下一条素绢，上面题着一首诗：

> 暂别蓬莱沙阳游，化作卖酒一老叟。
>
> 卖了两年茶江水，才得一人可炼修。
>
> 相逢为何不相识，洞宾驾云归去休。

（翟展奇收集整理）

平乐民间故事

樊梨花广运招亲

"薛丁山大扒兵败，樊梨花广运招亲。"这是发生在唐朝时的传说故事。

唐朝时，西凉有一个叫做樊梨花的人，父亲樊洪是个大将军。由于受父亲以及两个哥哥影响，她常偷偷舞枪弄棍。十二岁时，就能吟诗作赋，武艺也十分精通了。

樊梨花的父母早年指腹为婚，把她许给了丑陋的杨藩，这使她十分害怕。于是，她就偷偷出走，到白云山拜梨花圣母为师。

四年过去了，梨花已满十六岁，十八般武艺无一不精，无一不晓。此后，圣母又教给她许多仙术。樊梨花便成了半仙体的姑娘。

广运码头渡口

这天，樊梨花别师下山。临走时，圣母对她说："我师兄王禅老祖有一个文武双全、足智多谋的徒弟叫薛丁山。我已跟你师伯商量好，想将你许配于他。你若遇上薛丁山，要留他一命！"樊梨花道："徒儿遵循师命！"

樊梨花下山后，多次领兵作战，屡战屡胜，成了一位赫赫有名的女将。

一次，樊梨花领兵在广东遇上了薛丁山的兵将。因圣母有法旨，梨花不伤害丁山，假装败退，退走广西。梨花领兵沿水而上，选中广西昭州府（今平乐县）的一个大森林（今大发广运林场所在地），安营扎寨，用巧计退敌。在城墙两旁各挖一条跌马桥，下面摆放竹刺、铁钩，还备有火熏毒药。营寨的前面是巍然耸立的高山，在左边离城墙约三百米处挖一条跌马桥，深十丈有余，宽一丈五。

樊梨花占领了险要地势，并安下十分巧妙的机关。敌军要攻进营寨，必须经过跌马桥。这个关卡由樊梨花的得力将官把守。离跌马桥不远处的城墙，是第二关卡，由樊梨花亲自把守。

薛丁山自从与樊梨花在广州作战得胜后，更加洋洋得意。当他知道樊梨花逃往广西时，便率领人马跟踪而来。途中，他突然想起师父王禅老祖对他讲过："我师妹有一个文武双全的徒弟叫樊梨花。"哦，樊梨花的能耐果然不错，定要和她比一比，活捉樊梨花！

很快，薛丁山领兵来到了昭州府大扒（现大发）广运的七里滩安营扎寨，与樊梨花的营寨遥遥相对。可是，他手下的一些将领看到七里滩的地势像条鱼，而樊梨花的营寨的地势却像张网。鱼儿进网哪还跑得了！而那些将领越看越害怕，失去了作战的信心。一提起与樊梨花对战，个个都胆颤心惊。

几天之后，薛丁山下令进攻。军令如山，兵将们只得硬起头皮冲向樊梨花的营寨。谁知众多的士兵和马匹跌下了跌马桥。几名将士奋力冲过了跌马桥，却被城墙拦住。樊梨花在城墙上张弓搭箭，一箭射死一个，两箭射死一双。薛丁山勃然大怒，催马冲了上来。不料，当他冲上跌马桥时，不小心连人带马跌落桥下。跟在他后面的兵将们见势不妙，拨马转头，再也不敢上前了。薛丁山跌落跌马桥，被铁钩、竹刺钩扯住，半天动弹不得，毒火烟熏得他昏了过去。

薛丁山虽是樊梨花的仇敌，但她久仰这位英雄人物，加上师傅有言在先，没有半点伤害他之意。

薛丁山清醒后见自己陷入绝境，向樊梨花求救："樊梨花，救我！"

樊梨花道："谁救你这种人！"

薛丁山苦苦哀求："救我上去吧，我服输了！"

"不救，就是不救！"樊梨花嘴上是这样讲，其实心里早就想把他救起来了。

薛丁山看见樊梨花丝毫不理睬他，心想今日死定了！便气愤地大声喊："大丈夫死则死矣，决不求你这狠毒女人！"

樊梨花冷笑一声；"好吧，我让你死个痛快！"便命士兵向跌马桥下射箭。

弓箭如林射向跌马桥，吓得薛丁山像热锅上的蚂蚁一样不停地呼喊："樊梨花，救我！我愿向你三跪六拜，快把我救上去！"

樊梨花讲："若要救你，得答应我一个条件。"

"请讲！"

"你愿娶我为妻吗？"

"唉，我们是仇敌，怎能结为夫妻？"

樊梨花道："你我结为夫妻，便是一家人了。我们兵合一处，共同对敌！"

薛丁山低头沉思一会儿，道："好，我答应了！"

"那你喊我。"

薛丁山喊道："妻子救我上去。"

樊梨花教他："这样喊：妻子亲，亲妻子，亲亲妻子樊梨花救我。"薛丁山真的照这样喊了。

片刻，樊梨花用仙术把薛丁山救了上来，请进营寨，询问他的家世，薛丁山一一回答。

过了几天，他们举行了隆重的婚礼。

从此，薛丁山与樊梨花相敬如宾，在广运七里滩住下来。十年后，他们带着兵马沿河朝阳朔方向去了……

桂江七里滩

　　这正是：

　　　　薛丁山大扒兵败，

　　　　樊梨花广运招亲。

　　　　　　　　　　　　　　（李晓琳收集整理）